Josef F. Justen

AF194113

**Zeitreise
durch meine
früheren Erdenleben**

**Wie ich mein jetziges Leben
verstehen lernte**

eine spirituelle Erzählung

*Sag, was will das Schicksal uns bereiten?
Warum band es uns genau?
Ach, du warst in abgelebten Zeiten
einst meine Schwester – oder meine Frau.*

Johann Wolfgang von Goethe

Bibliografische Information der Deutschen Nationalbibliothek:
Die Deutsche Nationalbibliothek verzeichnet diese Publikation
in der Deutschen Nationalbibliografie; detaillierte bibliografische
Daten sind im Internet über dnb.dnb.de abrufbar.

Titelfoto: © Foto auf pixabay

Herstellung und Verlag:
BoD – Books on Demand, Norderstedt

ISBN: 9783753490311

Josef F. Justen

Zeitreise
durch meine
früheren Erdenleben

Wie ich mein jetziges Leben
verstehen lernte

eine spirituelle Erzählung

Im Leben der wohl meisten Menschen geschehen immer wieder Dinge, die sie sich nicht erklären können, die bisweilen sogar völlig unerfindlich und höchst merkwürdig sind. Das, was einem da widerfährt, kann sehr unangenehm, aber auch äußerst erfreulich sein. Im Normalfall versucht man erst gar nicht, der Sache auf den Grund zu gehen. Man nimmt es hin und glaubt, dass es sich eben um *zufällige* Ereignisse oder Begebenheiten handele, für die es keine erkennbaren Ursachen gäbe.

Zu diesen unerklärlichen Dingen kann es auch gehören, dass man sich manchmal für etwas sehr stark engagiert, ohne genau zu wissen, warum man es tut.

Bis vor etwa drei Jahren war das bei mir nicht anders. Auch ich habe das, was mir nicht erklärbar schien, nicht weiter hinterfragt. Insbesondere hätte ich es damals niemals für möglich gehalten, dass die *wahren* Ursachen für bestimmte Geschehnisse in einem früheren Erdenleben liegen *können*. Ja, ich war sogar davon überzeugt, dass die Idee der Reinkarnation, von der ich natürlich schon einmal gehört hatte, nur etwas für Spinner und Phantasten wäre.

Da sich meine Einstellung zu dieser Thematik vor drei Jahren radikal geändert hat, ist es vermutlich ganz gut, wenn ich mit meiner Erzählung im Jahre 2018, also vor drei Jahren, beginne. Ich war zu diesem Zeitpunkt 51 Jahre alt. In dieses Jahr fiel der Tag, ab dem sich mein Leben langsam von Grund auf zu verändern begann.

Ich wachte allmählich auf und fing an, mein Leben und den Sinn desselben mehr und mehr zu verstehen.

Seitdem unsere beiden Kinder aus dem Haus waren, nutzten mein Mann Gerd und ich nahezu jedes Wochenende, um etwas gemeinsam zu unternehmen. Meistens fuhren wir in die nahe gelegenen Berge oder an einen der vielen oberbayerischen Seen. Manchmal gingen wir ins Theater oder besuchten eines der zahlreichen Münchener Museen. Hin und wieder fuhren wir zum Sightseeing in eine andere Stadt.

So war es auch an einem Sonntag im besagten Jahre 2018, an dem wir nach Nürnberg fuhren, um die alte Nürnberger Burg zu besichtigen. Ich war zwar schon einige Male in der fränkischen Metropole, aber die Burg kannte ich noch nicht.

Als wir anschließend in einem Café saßen, traute ich meinen Augen nicht. Ein paar Meter weiter saß eine Dame allein an einem Tisch, die mir gleich sehr bekannt vorkam. Es dauerte aber eine Weile, bis ich mir sicher war, dass es sich wirklich um meine alte Jugendfreundin handelte. Ja, tatsächlich, die Dame war keine andere als meine ehemals beste Freundin Gabi. In jungen Jahren waren Gabi, die in all den Jahren in der Schule immer neben mir saß, und ich unzertrennlich. Als wir achtzehn Jahre waren, zogen ihre Eltern mit ihr nach Norddeutschland. Uns trennten nun fast 700 Kilometer. Nie zuvor war ich so traurig wie an dem Tag, an dem wir uns verabschiedeten. Selbstverständlich versprachen wir uns, miteinander in Kontakt zu bleiben. Und – wie das so häufig der Fall ist – wurde der Kontakt letztlich immer seltener. Anfangs telefonierten wir noch mindestens einmal pro Woche, nach einem Jahr höchstens noch einmal im Monat, nach zwei Jahren nur noch, wenn einer von uns Geburtstag hatte, und schließlich gar nicht mehr. Seit über zwanzig Jahren hatten wir nichts mehr voneinander gehört.

Obwohl ich etwas nervös war, stand ich unverzüglich auf und ging mit stark pochendem Herz auf sie zu. »Ob sie mich wohl erkennt?«, dachte ich. Gabi erkannte mich sofort. Wir nahmen uns in die Arme und drückten uns minutenlang.

Noch ahnte ich nicht, wie entscheidend und wegweisend diese unverhoffte und scheinbar zufällige Begegnung mit Gabi für mein weiteres Leben werden sollte...

Dann bat ich Gabi, sich doch an unseren Tisch zu setzen, wo ich sie mit meinem Mann bekannt machte. Es waren über dreißig Jahre vergangen, seit wir uns das letzte Mal *persönlich* begegnet sind.

Da Gerd und ich noch eine Verabredung mit einem befreundeten Ehepaar, das in Nürnberg wohnt, hatten, waren wir ein wenig in Eile, so dass Gabi und ich kaum Gelegenheit hatten, miteinander zu plaudern. Sie sagte mir noch, dass sie seit vielen Jahren in Fürth wohnte und lud mich für den nächsten Samstag zu sich nach Hause ein.

* * * * * * * * * * * * * * * * * * * *

Bevor ich von meinem Besuch bei meiner Freundin erzählen möchte, muss ich Ihnen noch von ein paar wichtigen Begebenheiten aus meinem Leben berichten, ohne die vieles von dem, was ich noch zu schildern habe, nicht verständlich werden könnte. Wir müssen also einen kleinen Zeitsprung machen.

Was meine übliche Biografie anbelangt, kann ich mich kurz fassen.

Also, ich wurde im Jahre 1967 in München geboren. Ich war das jüngste Kind meiner Eltern, Mujo und Helga Sarailic, die zu diesem Zeitpunkt bereits zwei Söhne hatten. Jens war damals vier, Jan zwei Jahre alt. Die Eltern meines Vaters stammten aus Serbien. Sie wanderten in den 1930er-Jahren nach Deutschland aus und siedelten sich in Bochum an, wo mein Großvater auf einer der vielen Zechen, die es in jener Zeit im Ruhrgebiet gab, Arbeit fand. Mein Vater zog 1960 nach München, wo er eine renommierte Buchhandlung übernahm. Dort lernte er auch meine Mutter kennen.

Meine Eltern waren streng katholisch, so dass ich selbstverständlich unverzüglich getauft wurde, und zwar auf den Namen Johanna.

Ebenso selbstverständlich war es für meine Eltern, dass sie ihre Kinder auf ein Gymnasium schickten.

Aus meiner Schulzeit gibt es von einer Ausnahme abgesehen, auf die ich später noch zu sprechen kommen möchte, nichts Besonderes zu erwähnen. Im Gegensatz zu meinen hochbegabten Brüdern war ich eine bestenfalls mittelmäßige Schülerin. Alle drei machten wir Abitur – erstaunlicherweise auch ich. Jan ist heute ein sehr gefragter Neurologe mit eigener Praxis in Ingolstadt. Jens ist katholischer Priester, und als solcher war er natürlich der ganze Stolz unserer Eltern. Für mich kam es nie in Frage zu studieren.

Im Herbst 1987 lernte ich meinen heutigen Mann, den sieben Jahre älteren Immobilienmakler Gerd Holtkamp kennen. Zu diesem Zeitpunkt befand ich mich im zweiten Ausbildungsjahr zur Erzieherin. Auch wenn es abgedroschen klingen mag – es war Liebe auf den ersten Blick! So heirateten wir auch bereits gut ein Jahr später. Meine Ausbildung zur Erzieherin habe ich noch abgeschlossen. Anschließend war ich aber beruflich nicht mehr tätig – weder in diesem noch in einem anderen Beruf.

Auch wenn sowohl Gerd als auch ich mit Religion und insbesondere mit dem Katholizismus nicht viel verbinden konnten, ließen wir uns unseren Eltern und meinem Bruder Jens zuliebe kirchlich trauen. Selbstverständlich war es Jens, der die Zeremonie durchführte.

Bis zum heutigen Tag verstehe ich mich mit meinem Mann blendend. Jeder ist stets für den anderen da und unterstützt ihn auf allen Ebenen. Ich könnte mir keinen besseren Partner fürs Leben vorstellen.

Gerd und ich bezogen ein schmuckes Einfamilienhaus in einer kleinen Gemeinde in der Nähe von München. Im Jahr darauf kam unsere Tochter Andrea und vier Jahre später unser Sohn Christian zur Welt. Die Geburt unseres Sohnes erlebten meine Eltern leider nicht mehr. Beide waren im Jahr zuvor gestorben.

Andrea lebt seit einigen Jahren mit ihrem Lebensgefährten in Florida. Was sie dort genau macht, weiß ich nicht wirklich. Unser Verhältnis ist nicht gerade das beste. Christian studiert in Tübingen Medizin. Mit ihm verstehen wir uns sehr gut. Mindestens einmal im Monat kommt er übers

Wochenende zu uns. Auch einen großen Teil seiner Semesterferien verbringt er in seinem Elternhaus.

* * * * * * * * * * * * * * * * * * * *

Nachdem ich in groben Zügen meine Biografie skizziert habe, muss ich nun noch ein paar besondere Ereignisse aus meinem Leben schildern, die sich im späteren Verlauf meiner Erzählung als sehr wichtig erweisen werden. Es sind solche Ereignisse bzw. Begebenheiten, die zu denen gehören, die man sich nicht so recht erklären kann, für die es keinen ersichtlichen Grund zu geben scheint.

Seit meiner Kindheit leide ich an etwas, für das es im Grunde keinen präzisen medizinischen Fachausdruck gibt. In unregelmäßigen Abständen – manchmal sogar mehrmals in der Woche – bekomme ich plötzlich panische Angst und das Gefühl, keine Luft zu bekommen. Diese Panikattacken mit Atemnot könnte man vielleicht mit asthmatischen Anfällen vergleichen. Die Anfälle, die meistens nur wenige Minuten bis maximal eine halbe Stunde dauern, sind ganz fürchterlich und bisweilen mit Todesängsten verbunden. Wenn sie vorüber sind, erhole ich mich im Normalfall recht schnell.

An meinen ersten Anfall kann ich mich noch besonders gut erinnern. Ich war damals acht Jahre alt. Mit meiner Schulklasse ging ich zum Schwimmunterricht in eine öffentliche Schwimmhalle in München. Wie das so üblich ist, mussten wir alle zunächst unter die Dusche, bevor wir ins Schwimmbecken durften. Während wir dann in dieser großen Gemeinschaftsdusche standen und das Wasser aus den Duschköpfen lief, wurde mir plötzlich ganz schummrig. Wenige Sekunden später bekam ich panische Angst und rang nach Luft. Ich sank zu Boden und glaubte sterben zu müssen. Der eilig herbeigerufene Sportlehrer alarmierte einen Notarzt. Als dieser nach etwa fünfzehn Minuten eintraf, ging es mir bereits wieder einigermaßen gut.

Meine Eltern waren sehr besorgt und schickten mich zu unserem Hausarzt sowie zu zwei Fachärzten. Eine wirkliche Ursache konnte jedoch keiner finden. Organisch war alles in bester Ordnung. Also war klar, dass es psychische Ursachen geben müsste. Aber auch der Psychotherapeut, zu dem meine Eltern mich schleppten, konnte mir nicht helfen. Jedenfalls ließen meine Eltern mich für das gesamte Schuljahr vom Schwimmunterricht befreien.

Schon bald stellte sich heraus, dass die Attacken auch an anderen Orten und bei anderen Gelegenheiten auftraten. Als ich vierzehn Jahre alt war, begann ich, Protokoll über meine Anfälle zu führen. Ich notierte genauestens, in welchen Situationen es zu einer Attacke kam, wie lange sie anhielt und vieles mehr.

Allerdings gab mir diese gewissenhafte Buchführung auch keine wirklichen Aufschlüsse. Immerhin wurde mir dadurch gewahr, dass diese Anfälle vermehrt auftraten, wenn ich mit mehreren Leuten in einem engen Raum zusammen war. Besonders oft kam es zu einer Attacke, wenn ich mich – so wie bei meinem ersten Anfall – im Schwimmbad in einer Gemeinschaftsdusche befand. Das führte schließlich dazu, dass ich von da an für lange, lange Zeit kein öffentliches Schwimmbad mehr aufgesucht habe.

Wie auch immer – ich lernte recht schnell, mit diesem Problem einigermaßen zu leben, obwohl die Angst vor einer neuen Attacke ständig mitschwang. Im Laufe der Jahre kam es in diesem Kontext einige Male zu Erlebnissen, die nicht gerade erfreulich waren. So erwischte mich einmal eine Attacke, als ich beim Einkaufen in einem Supermarkt war. Ich setzte mich auf den Boden und rang nach Luft. Sofort eilte eine andere Kundin herbei und fragte, was mit mir sei und ob sie etwas für mich tun könne. Da es mir während eines Anfalls meistens nicht möglich ist, vernünftig zu sprechen, konnte ich ihr nicht sagen, dass sie sich keine Sorgen machen müsse und dass in ein paar Minuten alles wieder gut sei. Ehe ich mich versah, befand ich mich in einem Rettungswagen, der mich mit Blaulicht ins nächstgelegene Krankenhaus karren wollte. Es kostete mich einige Mühe, den Leuten klarzumachen, dass ich ihrer Hilfe nicht bedurfte.

* * * * * * *

Wie bereits angedeutet war ich keine gute Schülerin. Insbesondere Mathematik und die naturwissenschaftlichen Fächer machten mir sehr zu schaffen. Zum einen fehlte es wohl an der Begabung, zum anderen am Interesse.

Auf Anordnung meiner Eltern gaben mir meine Brüder hin und wieder Nachhilfeunterricht. Dieses Unterfangen gaben sie eines Tages mit der Bemerkung, bei mir sei Hopfen und Malz verloren, auf. Mein Klassenlehrer erteilte meinen Eltern den Rat, mich lieber auf eine Real- oder sogar auf die Hauptschule zu schicken, weil ich für das Gymnasium nicht begabt genug sei. Das alles nagte natürlich gewaltig an meinem Selbstwertgefühl. Die zumindest vermeintliche intellektuelle Überlegenheit meiner Brüder vermittelte mir den Eindruck, weniger wert zu sein als sie. Meine Eltern ließen mich allerdings auf dem Gymnasium, was mir eigentlich gar nicht recht war.

Doch dann, als ich fünfzehn Jahre alt war und soeben die siebte Klasse wiederholen musste, wendete sich das Blatt. Wir bekamen einen neuen Mathematiklehrer, der uns auch in Physik unterrichtete.

Dieser Lehrer – er hieß Wolfgang Cords – war so ganz anders als alle anderen Pädagogen dieser Schule. Er war noch verhältnismäßig jung und verstand es, die Themen, die er zu vermitteln hatte, seinen Schülern schmackhaft zu machen. Insbesondere mich zog die Art, wie er seinen Unterricht gestaltete, ganz in ihren Bann. Zum ersten Mal machte es mir Freude, mich mit der Mathematik und Physik zu befassen.

Dennoch war es nicht so, dass ich gleich gute Noten erzielte. Aber immerhin waren es nicht nur Fünfer und Sechser. Herr Cords mochte mich auch sehr und war sehr bestrebt, alles zu tun, damit ich jeweils das Klassenziel erreichen konnte. So machte er mir immer wieder Mut und erteilte mir sogar des Öfteren privaten Nachhilfeunterricht, wofür er kein Entgelt haben wollte. Besonders schätzte ich an Herrn Cords, dass er im krassen Gegensatz zu meinen Brüdern eine Engelsgeduld mit mir hatte und nicht gleich aufgab, wenn ich etwas auch beim zweiten Erklärungsversuch noch nicht verstand. Ich glaube, ich war sogar ein wenig verliebt in ihn.

In den folgenden Jahren hatte ich immer den Eindruck, dass er sich mindestens genauso über meine ordentlichen und zum Teil sogar guten Noten freute wie ich. Auf dem Abiturzeugnis habe ich im Fach Mathematik sogar eine Eins stehen. Das haben nicht einmal meine hochbegabten Brüder geschafft!

Heute kann ich mit Bestimmtheit sagen, dass ich ohne ihn niemals das Abitur geschafft und kein so gutes Selbstwertgefühl hätte.

Ein paar Jahre später hatte ich das Bedürfnis, ihm für sein großes Engagement zu danken. Aber er unterrichtete nicht mehr an der Schule, und es konnte mir leider keiner sagen, wo er jetzt lebte.

* * * * * * * *

Alles, was ich jetzt noch kurz erwähnen möchte, fand viel später statt. Ich war schon verheiratet.

Auf dem Nachbargrundstück stand ein kleines, schon etwas heruntergekommenes Haus, in dem seit vielen Jahren das Ehepaar Eichler wohnte. Die Eichlers waren gewiss schon über sechzig Jahre alt. Es waren recht freundliche Leute, zu denen wir allerdings nur einen eher losen Kontakt hatten. Man traf sich hin und wieder am Gartenzaun oder beim Einkaufen. Da die Eichlers kein Auto hatten, fuhren mein Mann oder ich sie manchmal in die Stadt, wenn sie viel zu besorgen hatten.

Eines Tages – es war im Jahre 2003 – bekamen sie ›Nachwuchs‹. Wie wir etwas später erfahren haben, war es ihr Enkelsohn Franz Eichler. Seine Eltern waren bei einem tragischen Verkehrsunfall ums Leben gekommen. Franz hatte den Unfall ohne körperliche Schäden überlebt. Nun übernahmen die Großeltern die Aufgabe, den elfjährigen Franz aufzuziehen.

Es dauerte ein paar Wochen, bis ich Franz, der von seinen Großeltern nicht »Franzi« – wie es in Bayern eigentlich üblich ist –, sondern »Fränzchen« genannt wurde, kennenlernte. Er stand in der Nähe unserer Garageneinfahrt und versuchte sich an einem Hula-Hoop-Reifen. Ich war ein wenig überrascht, da ich einen solchen Reifen, den ich noch bestens aus meiner Kinderzeit kannte, schon ewig nicht mehr gesehen hatte. Ich ging auf ihn zu und sagte: »Das klappt ja schon prima! Ich habe das früher auch geliebt.« So kamen wir erstmals ins Gespräch.

Schon bald wurde offensichtlich, dass Fränzchen anders als meine etwa gleichaltrigen und auch die meisten anderen Kinder war. Er war extrem schüchtern, anfangs auch recht scheu und etwas verhaltensauffällig, was sicherlich daran lag, dass er verständlicherweise noch sehr an dem Trauma des tragischen Unfalls zu leiden hatte. Ja, er war schon ein etwas merkwürdiger Junge. Aber viel merkwürdiger war, dass ich mich irgendwie zu ihm hingezogen fühlte. Er war mir gleich sehr vertraut, wie wenn ich ihn schon seit vielen Jahren kennen würde. Auch Fränzchen fasste recht schnell Vertrauen zu mir.

Um es kurz zu machen – Fränzchen wurde für mich schon bald so etwas wie ein neues Familienmitglied. Auch mein Mann und unsere Kinder kamen gut mit ihm aus. Seinen Großeltern war es durchaus recht, dass wir uns ein wenig um ihn kümmerten. Mehrmals in der Woche aß er mit uns gemeinsam zu Mittag. Wenn wir mit unseren Kindern einen Ausflug machten oder den Zoo besuchten, nahmen wir Fränzchen nahezu immer mit. Da er nicht gerade ein sehr heller Kopf war, fiel es ihm schwer, den Lehrstoff, der ihm auf der Hauptschule vermittelt wurde, aufzunehmen. So nahm ich mir viel Zeit, um mit ihm zu lernen. Meine Kinder waren manchmal ein wenig eifersüchtig, weil ich mich nach ihrem Empfinden mehr mit Fränzchen als mit ihnen beschäftigte. Insbesondere Andrea kam mit meinem Engagement für den Nachbarsjungen nicht immer klar.

Alles, was ich für meinen »Zögling« getan habe, habe ich niemals aus einem lästigen Pflichtgefühl heraus oder wegen der viel zitierten »Christenpflicht« gemacht. Es war mir vielmehr immer ein Bedürfnis und geradezu eine Freude, für ihn da zu sein und ihn fördern zu dürfen. Es war für mich eine Herzensangelegenheit, Fränzchen eine gute Ersatzmutter zu sein. Ich konnte gar nicht anders...

Kurz vor dem Schulabschluss wurde Fränzchen schwer krank. Er klagte schon seit Wochen über starke Übelkeit und Bauchweh. Häufig musste er sich übergeben.

Auf Bitte seiner Großeltern konsultierte ich gemeinsam mit ihnen und Fränzchen einen Arzt. Schon die Anamnese ließ Schlimmstes befürchten. Eine Magenspiegelung, die wenige Tage später erfolgte, bestätigte den Verdacht: Fränzchen hatte Magenkrebs. Der Arzt nahm kein Blatt vor den Mund und sagte: »Da ist nichts mehr zu machen. Der Krebs ist schon recht fortgeschritten und hat höchstwahrscheinlich bereits gestreut. Eine Operation macht leider keinen Sinn mehr.« Die Eichlers und ich waren todtraurig und den Tränen nahe. Fränzchen, der alles mitbekommen hatte, schien die Diagnose recht gelassen aufzunehmen. Auf meine Frage, wie viel Zeit ihm noch bleibe, antwortete der Arzt: »Das kann kein Mensch ganz genau sagen. Da aber seine körperliche Konstitution nicht die beste ist, sind es vermutlich nur noch wenige Wochen, bestenfalls ein paar Monate.«

Auf Wunsch seiner Großeltern sollte Fränzchen bei ihnen zu Hause gepflegt werden und nicht im Krankenhaus oder einem Hospiz sterben. Auch ich fand die Idee sehr gut.

Zwei Wochen später war Fränzchen so schwach, dass er das Bett nicht mehr verlassen konnte. Ich investierte sehr viel Zeit, um bei ihm zu sein. Täglich saß ich mehrere Stunden an seinem Bett. So erzählte ich ihm Geschichten oder las ihm aus Büchern vor. Mehrmals die Woche schaute eine Palliativschwester des hiesigen Hospizvereins nach ihm. Hin und wieder – wenn er seine Schmerzen kaum noch ertragen konnte – verabreichte sie ihm eine schmerzstillende Injektion.

Zum Glück schien Fränzchen, der natürlich genau wusste, wie es um ihn bestellt war, keine Angst vor dem Tod zu haben. Ich hätte in dieser Phase meines Lebens nämlich nicht gewusst, wie ich ihm diese Angst hätte nehmen können, ohne zu Floskeln zu greifen. Trotz meiner katholischen Erziehung war ich mir nicht einmal sicher, ob es überhaupt ein Leben nach dem Tod gibt.

Sieben Wochen nach der niederschmetternden Diagnose ging es mit rapiden Schritten dem Ende entgegen. Fränzchen war nur noch zeitweise ansprechbar. Meistens döste und dämmerte er vor sich hin. Der Arzt vom Hospizverein meinte, es könne jetzt jeden Tag so weit sein. Die letzten beiden Nächte seines Lebens verbrachte ich in seinem Zimmer.

Kurz nachdem die zweite Nacht dem hellen Tag gewichen war, atmete Fränzchen sehr ungewöhnlich. Es hörte sich wie ein Rasseln an, und die Abstände zwischen zwei Atemzügen waren sehr groß. Dann machte Fränzchen seinen letzten Atemzug... Plötzlich stieg ein ganz merkwürdiges und dumpfes Gefühl aus den Tiefen meiner Seele empor: Mir war, wie wenn ich schon einmal bei seinem Tod anwesend gewesen wäre... Es fiel mir nicht ganz leicht, diesen absurden Gedanken zu verdrängen.

Einerseits war ich unendlich traurig, dass Fränzchen gestorben war. Andererseits hatte ich das sehr gute Gefühl, vieles für diesen Erdenbürger getan zu haben. Es hat im Grunde kein zweites Mal in meinem Leben gegeben, dass ich mit mir so zufrieden, so im Reinen war.

* * * * * * * *

Als ich vierzehn Jahre alt war, behandelten wir im Geschichtsunterricht die Römerzeit. Auch wenn ich grundsätzlich großes Interesse an diesem Fach hatte, so faszinierte mich diese Epoche viel mehr als die meisten anderen. Einen besonderen Eindruck machte es auf mich, als ich im Geschichtsbuch ein Foto des Kolosseums, des alten Amphitheaters in Rom sah.

Dieses Foto beeindruckte mich derart, dass ich tagelang an kaum etwas anderes denken konnte. In der Gemeindebücherei lieh ich mir zwei Bücher aus, die von dieser Zeit sowie diesem alten monumentalen Bauwerk handeln. Diese Bücher verschlang ich regelrecht.

Ich kann nicht einmal genau sagen, was mich so sehr daran faszinierte. Jedenfalls hatte ich lange Zeit den starken Wunsch, dort hinzufahren. Aber es hat sich nie ergeben. Als ich dann erwachsen war, habe ich nur noch selten daran gedacht.

Vor sieben Jahren meinte mein Mann eines Abends: »Du, Johanna, dieses Jahr wird es mir möglich sein, wieder einmal einen längeren Urlaub zu nehmen. Hast du Lust zu verreisen?« Ich war von dem Ansinnen etwas überrascht, zumal wir schon seit mehreren Jahren nicht mehr verreist waren. Doch dann kam mir nach langer Zeit wieder das Kolosseum in Rom in den Sinn, und es platzte nur so aus mir heraus: »Ja, sehr gerne! Lass uns bitte nach Rom fahren!« Gerd war gleich einverstanden.

Drei Wochen später ging es los.

Gleich am zweiten Tag, nachdem wir in Rom Quartier bezogen hatten, machten wir uns auf den Weg zum Kolosseum. Auch wenn mich große Vorfreude ergriff, so verspürte ich doch eine gewisse Nervosität, die ich mir nicht recht zu erklären vermochte.

Dann waren wir endlich da. Das Bauwerk – auch wenn es heute nur noch eine Ruine ist – kam mir sehr bekannt vor, ja, es schien mir sogar vertraut, wie wenn ich schon einmal da gewesen wäre. Ich führte diesen Eindruck darauf zurück, dass ich so viele Bilder des Kolosseums in meiner Jugend betrachtet hatte. Dann stieg in mir ein ganz ungutes Gefühl auf, das sich schwer beschreiben lässt. Man könnte es am ehesten als Schamgefühl bezeichnen. Wir blieben noch etwa eine Stunde an der Ruine, ohne viel miteinander zu reden.

Seit diesem Tag musste ich kaum noch an das Kolosseum denken.

* * * * * * * *

Spätestens seitdem ich verheiratet bin, hat es mir nie an etwas gefehlt. Natürlich fand ich die Beziehung zu meiner Tochter, die im Laufe der Jahre immer lauer wurde, nicht toll. Natürlich litt ich immer noch an meinen Anfällen. Dennoch war ich rundherum zufrieden – ja glücklich.

Umso merkwürdiger war es, dass mich einige Zeit nach Fränzchens Tod immer häufiger ein etwas sonderbares Gefühl beschlich, ein Gefühl, das ich nur schwer in Worte kleiden kann. Mal äußerte es sich so, als würde mir etwas Wichtiges fehlen, als würde ich etwas entbehren. Aber das trifft es nicht ganz genau. Ein anderes Mal äußerte es sich eher so, als hätte ich etwas verpasst oder zu tun versäumt. In sehr seltenen Fällen fühlte es sich so an, wie wenn ich eine Verabredung nicht einhalten oder einen gefassten Plan nicht in die Tat umsetzen würde. Nur hatte ich keine Ahnung, um welche Verabredung oder um welchen Plan es sich dabei handeln könnte.

Dieses Gefühl, das ich mir absolut nicht erklären konnte, belastete mich zwar keineswegs, allerdings ließ es sich nie so ganz unterdrücken. Im Grunde war es in den folgenden Wochen unterschwellig fast permanent präsent. Etwas später verdichtete sich das Gefühl zu dem Gedanken: »Jetzt, nachdem Fränzchen nicht mehr da ist und die Kinder aus dem Gröbsten raus sind, könntest du eigentlich etwas Sinnvolles für andere Menschen tun!« Nur hatte ich überhaupt keine Idee, was und für wen ich etwas tun sollte, so dass ich den Gedanken immer wieder verwarf. Als ich meinem Mann davon erzählte, meinte er: »An jeder Ecke kann man Menschen finden, die der Hilfe anderer bedürfen. Setze dich nicht unter Druck. Du wirst sie schon finden.«

Als mein Mann und ich eines Tages im Jahre 2011 durch den Ortskern unserer Nachbargemeinde schlenderten, waren schon einige Monate vergangen, in denen ich dieses Gefühl bzw. diesen Gedanken nicht mehr in meinem Bewusstsein bewegt hatte.

Plötzlich fiel mein Blick auf ein großes altes Gebäude, über dessen Pforte die Aufschrift »Altenheim Johannesstift« zu lesen war. Sofort war mir klar, dass ich gefunden hatte, wonach ich unbewusst gesucht hatte.

Schon am nächsten Tag stellte ich mich der Heimleiterin vor und fragte, ob es nicht etwas gebe, was ich ehrenamtlich für die Heimbewohner leisten könnte. »Ja, natürlich! Uns sind immer liebe Menschen willkommen, die unseren Bewohnern etwas vorlesen oder sich anderweitig mit ihnen beschäftigen. Wie Sie sicher wissen, ist die Personaldecke in den Altenheimen sehr dünn.«

Bis zum heutigen Tag gehe ich ganz in dieser Tätigkeit auf. Mindestens zweimal wöchentlich suche ich das Heim auf. Ich lese den alten Menschen vor, lasse sie aus ihrem Leben erzählen, mache mit ihnen Gesellschaftsspiele und vieles mehr. Die alten Leute lieben mich, und ich liebe sie.

17

Zwei alte Damen sind mir gleich ganz besonders ans Herz gewachsen: die damals 84-jährige Rosa Lackner und die drei Jahre ältere Maria Steinbauer. Da sie keine Angehörigen hatten, habe ich für sie so eine Art Patenschaft übernommen. In diesem Zuge fahre ich sie zu ihren Arztterminen und lade sie an jedem zweiten Sonntag zu uns nach Hause ein.

Mittlerweile sind die beiden Damen verstorben. Frau Lackner starb 2017, Frau Steinbauer Anfang 2018. Es gibt allerdings in dem Heim noch genügend andere Bewohner, denen ich regelmäßig Gesellschaft leiste.

* * * * * * * * * * * * * * * * * * *

Nun aber wieder zurück ins Jahr 2018, als ich völlig überraschend meine alte Jugendfreundin Gabi in einem Nürnberger Café wiedertraf. Sie hatte mich ja für den folgenden Samstag zu sich nach Fürth eingeladen.

Am avisierten Samstag setzte ich mich ins Auto und machte mich voller Vorfreude zu ihr auf den Weg. Wir freuten uns beide sehr über unser Wiedersehen und genossen die Stunden.

Gabi erzählte mir, dass sie schon seit über zehn Jahren geschieden war und seitdem in Fürth wohnte, wo sie als Grundschullehrerin arbeitete. Sie war mit sich und ihrem Leben rundherum zufrieden. Ich erzählte ihr, wie es mir in den letzten Jahrzehnten ergangen ist, dass ich einen sehr netten Mann, den sie ja schon kurz kennengelernt hatte, und zwei Kinder habe und was man sonst noch alles einer guten Freundin, die man lange nicht gesehen hat, so erzählt.

Dann fragte Gabi plötzlich: »Sag mal, Johanna, bekommst du eigentlich immer noch deine Panikattacken?«

»Ja, leider. Allerdings habe ich ganz gut gelernt, damit umzugehen, zumal ich weiß, in welchen Situationen ich üblicherweise *nicht* mit einer Attacke rechnen muss, so dass ich nicht permanent mit der Angst leben muss. Ich habe es längst aufgegeben, deswegen zu einem Arzt zu gehen. Die Weißkittel können mir ohnehin nicht helfen.«

Gabi meinte: »Das freut mich, dass du damit umzugehen verstehst. Trotzdem ist das doch keine Lösung! Warum gehst du nicht einmal zum einem Rückführungstherapeuten?«

Auch wenn ich nicht wusste, was sie mit »Rückführungstherapeut« meinte, entgegnete ich: »Hör mir bloß mit den Seelenklempnern auf! Ich habe schon etliche konsultiert, ohne dass es mir auch nur das Geringste gebracht hätte.«

»Ich meine keine Psychologen oder Psycho-Therapeuten«, sagte Gabi lächelnd, »ich meine *Rückführungs*therapeuten.«

Jetzt wollte ich genau wissen, was man unter diesem Begriff versteht. »Nun, das sind Spezialisten, die ihre Patienten in einen ganz ruhigen, völlig entspannten Zustand versetzen, was sie meistens mit Hypnose erreichen. Dann ist es dem Patienten möglich, auch solche Erlebnisse abzurufen, die in den Seelentiefen vergraben sind. Und wenn die Ursache des Problems erstmal offengelegt wurde, ist es meistens nur noch ein ganz kleiner Schritt zur Lösung bzw. Heilung«, dozierte Gabi.

»Aber gehen, wenn man einmal von Hypnose absieht, die Psychologen nicht genauso vor?«

»Nein, bestenfalls ähnlich! Ein klassischer Schulpsychologe geht davon aus, dass die Ursache eines psychischen Problems in der Kindheit des Patienten liegt. Das ist natürlich oftmals auch der Fall. Bei dir ist das gewiss nicht so, ansonsten hätte dir sicherlich einer der vielen Seelenklempner, die du schon aufgesucht hast, helfen können. Häufig liegen die Ursachen aber nicht in diesem Leben.«

Ich verstand nicht, was sie meinte, und stammelte: »Wie nicht in *diesem* Leben???«

Gabi antwortete ruhig: »Die Ursache für dein Problem wird vermutlich in einem deiner früheren Leben zu finden sein.«

Jetzt verstand ich, worauf sie hinauswollte und sagte besserwisserisch: »Ach so, du glaubst wohl auch an diesen Unsinn, dass jeder Mensch mehrmals auf die Welt kommt, also wiedergeboren wird! Möglicherweise glaubst du auch, dass du im letzten Leben eine Katze warst und im nächsten Leben ein Schmetterling sein wirst, oder?!«

Meine Freundin begriff, dass ich keine Ahnung von Reinkarnation hatte und sagte ganz vorsichtig: »Es gibt leider immer noch sehr viele Menschen, welche die wiederholten Erdenleben für einen Unsinn halten. Die einen halten es für einen Unsinn, weil sie nicht einmal an ein Leben nach dem Tod glauben. Etliche verwerfen den Reinkarnationsgedanken, weil sie sich zu sehr von den Dogmen der Kirche, welche die Reinkarnation als Irrlehre bezeichnet, entmündigen lassen. Wiederum andere haben es zunächst für möglich gehalten, dann aber suspekte Publikationen über die wiederholten Erdenleben gelesen, so dass ihnen die Reinkarnation zwangsläufig unsinnig erscheinen musste. In vielen dieser Publikationen wird auch die absurde Idee, dass ein Mensch als Tier oder gar Pflanze wiedergeboren werden könne, vertreten.«

Ich schwieg eine Weile. Dann fragte ich ein wenig zynisch: »Liebe Gabi, kannst du mir einmal in aller Kürze erklären – und zwar so, wie wenn ich fünf Jahre alt wäre –, was der Sinn dieser vielen Erdenleben sein sollte?«

Gabi schmunzelte und sagte: »Wenn du erst fünf Jahre alt wärest, könntest du es vielleicht noch nicht verstehen. Aber ein zehnjähriges Kind könnte es verstehen. Also, ich gehe jetzt einmal davon aus, dass du zehn Jahre alt bist.« Wir lachten, und Gabi fuhr fort: »Glaubst du an ein Leben nach dem Tod?«

»Zumindest hoffe ich, dass nach dem Tod nicht alles aus ist. Ja, irgendwie glaube ich schon an ein Leben nach dem Tod.«

»Wie stellst du dir dieses Leben vor?«

Ich überlegte eine Weile und sagte dann: »Keine Ahnung! Vermutlich so ähnlich, wie ich es früher im Religionsunterricht, in der Kirche und im Elternhaus immer gehört habe.«

»Was hast du da gehört?«

»Lass mich mal kurz überlegen. Also, ich glaube, es hat geheißen, dass die guten Menschen, die ein anständiges und gottgefälliges Leben führen in den Himmel kommen, wo sie ein freudiges und beseligendes Leben mit allen anderen guten Menschen bei Gott führen. Die ganz bösen Menschen werden in die Hölle geworfen, wo sie ewige Qualen erleiden müssen. Und, wenn ich mich da jetzt recht erinnere, kommen die wohl meisten erst für längere Zeit ins Fegefeuer. Dort werden sie auch ein wenig gequält, bis sie reif sind, in den Himmel aufgenommen zu werden – oder zumindest so ähnlich.«

»Ja, das ist in etwa dasjenige, was die Kirchen dazu zu sagen haben. Glaubst du an Gott?«

»Ich denke schon. Zumindest glaube ich an ein höheres Wesen. Von mir aus können wir es ›Gott‹ nennen.«

»Gut! Wenn es einen Gott gibt, glaubst du, dass er gerecht ist?«

»Ja natürlich! Wer sollte gerecht sein, wenn nicht Gott!«

»Jetzt sind wir an einem ganz entscheidenden Punkt angelangt. Wenn jeder Mensch nur ein einziges Mal auf die Erde käme, so könnte es niemals eine allwaltende Gerechtigkeit geben. Schau dir an, welch große Unterschiede es im Leben der Menschen gibt! Wenn beispielsweise dieses *eine* Erdenleben für die Menschen das Prüfungsfeld darstellt, das über ihr *ewiges* Schicksal entscheidet, müssten dann nicht alle gleiche oder zumindest vergleichbare Chancen haben? Betrachte etwa einen Menschen, der das ›Glück‹ hat, getauft worden zu sein und dann schon in seinen ersten Lebenstagen stirbt. Nehmen wir einen zweiten Menschen, der in ein sozial übles Milieu hineingeboren wird und nicht die ›Gnade‹ erwiesen bekommt, früh zu sterben. Der erste hat überhaupt keine Möglichkeit, gegen die ihm von Gott oder wem auch immer gemachten Auflagen zu verstoßen, er kommt gar nicht dazu, zu sündigen. Er müsste also in den Himmel aufgenommen werden, obwohl er nichts dazu beigetragen hat, obwohl er keine Verdienste erworben hat. Der andere hat vielleicht trotz aller Bemühungen aufgrund seiner Herkunft, seiner Erziehung und seines sozialen Umfeldes gar nicht die Möglichkeit, sich an all diese Gebote und Auflagen zu halten. Diesem wäre doch wohl der Himmel – zumindest zunächst – versperrt.«

Gabi schaute mich an, um zu prüfen, ob ich noch bei ihr war und ihr noch folgen konnte. Nachdem sie merkte, dass ich ganz Ohr war, fuhr sie fort: »Du musst gar nicht so ein extremes Beispiel betrachten, um die fehlende Chancengleichheit erkennen zu können. Nimm einen ganz normalen, durchschnittlichen Menschen, der in eine moderne Großstadt hineingeboren wird. Selbst wenn dieser sich zum Christentum bekennt, ist er doch ganz anderen Anfechtungen und Verlockungen ausgesetzt als jemand, der schon als Kind stirbt oder in solchen Verhältnissen aufwächst, in denen es ein Leichtes ist, gottgefällig zu leben. Von Chancengleichheit kann doch wohl nicht die Rede sein. Jeder gute und vernünftige Vater bzw. Lehrer gibt seinen Kindern bzw. Schülern die gleichen Chancen und Möglichkeiten. Umso mehr darf man das von einem gütigen, gerechten Gott erwarten. Auf solche Ungereimtheiten angesprochen, flüchten sich Kirchenvertreter gern in nebulöse Ausreden wie ›Gottes Wege sind unergründlich‹ oder ähnliche Floskeln.«

»Was ist jetzt so grundlegend anders, wenn wir alle *mehrere* Leben durchmachen?«, fragte ich.

»Das liegt doch auf der Hand! Jeder Mensch hat die Möglichkeit, über viele Inkarnationen hinweg zu reifen, sich höher und höher zu entwickeln. In jedem Leben kann er Neues lernen, neue Impulse aufnehmen und seine alten Fehler und Schwächen überwinden, bis er eines fernen Tages keiner weiteren Inkarnationen mehr bedarf und ganz in der geistigen Welt leben kann. Zu den vielen notwendigen Erfahrungen, die jeder Mensch sammeln muss, gehören auch – oder sogar insbesondere – die vielen unangenehmen Erlebnisse und Begebenheiten.«

»Das, was du über die Gerechtigkeit gesagt hast, leuchtet mir schon ein. Aber ich muss das jetzt erst einmal alles gründlich sacken lassen.«

Dann wollte ich noch wissen: »Hast du dich schon einmal einer Rückführung unterzogen?«

»Nein, im Gegensatz zu dir habe ich ja kein so gravierendes Problem, dessen Ursache ich nicht kenne. Natürlich wäre ich schon neugierig, etwas über meine früheren Inkarnationen zu erfahren, wenngleich ich da selbst viele Ahnungen habe, die sich teilweise zur Gewissheit verdichten. Hinzu kommt noch, dass diese Sitzungen auch nicht ganz billig sind, und bei mir sitzt die Geldbörse nicht so locker.«

Beim Verabschieden gab mir meine Freundin noch ein Buch mit, in dem ein Patient von seinen Erlebnissen und Erfahrungen aus seinen Rückführungen schildert. Für den übernächsten Sonntag lud ich Gabi zu uns nach Hause ein.

Wieder daheim angekommen erzählte ich natürlich alles brühwarm meinem Mann. Zu meiner Überraschung sagte er, dass er sich in jungen Jahren schon einmal mit der Reinkarnationsidee befasst habe, ohne zu einer abschließenden Meinung gekommen zu sein. Auch waren ihm Rückführungen – er nannte es »geführte Zeitreisen« – nicht ganz unbekannt.

Am übernächsten Sonntag folgte Gabi meiner Einladung und kam zu uns zu Besuch. Nachdem wir zunächst eine Zeit lang Smalltalk machten, so dass Gerd und sie sich ein wenig näher kennenlernen konnten, fragte mich Gabi: »Hast du dich schon um einen Rückführungstermin bemüht?«

»Nein noch nicht. Ich bin mir immer noch nicht sicher, ob an der Reinkarnationslehre etwas dran ist. Allerdings muss ich zugeben, dass das Buch, das du mir geliehen hast, schon höchst interessant ist. Ich habe es gleich an den beiden folgenden Tagen ausgelesen.«

Dann wandte sich Gabi an Gerd: »Was hältst du von dem Thema?«

»Ich habe früher etwas darüber gelesen. Ich möchte mir aber kein endgültiges Urteil erlauben. Es gibt meines Erachtens durchaus ein paar Indizien, die dafür sprechen, dass wir mehrmals auf die Erde kommen«, meinte Gerd.

»Welche Indizien meinst du?«, wollte ich wissen.

»Es ist doch eine offenkundige Tatsache, dass die Menschen sehr verschieden sind, wenn man etwa an Begabungen, Talente, intellektuelle Fähigkeiten usw. denkt. Natürlich kann das eine Folge der Vererbung oder der Erziehung sein. Aber ich glaube nicht, dass man damit erklären kann, dass immer wieder große Genien aufgetreten sind. Ich kann mir nicht vorstellen, dass etwa ein Goethe, Schiller, Mozart – um nur einige zu nennen – ihre geniale Begabung geerbt haben. Soweit ich mich erinnere, habe ich einmal gelesen, dass die Vorfahren von Goethe und Schiller diese Begabung nicht einmal ansatzweise aufwiesen, dass sie ganz einfache Menschen waren. Also stellt sich mir die Frage: Woher kommt diese außerordentliche Begabung?«

Gabi fiel Gerd fast ins Wort: »Genau! Das ist ein sehr gutes Beispiel! Diese Begabung müssen sich die Genien irgendwoher mitgebracht haben, und zwar aus einem früheren Leben.«

»Heißt das, dass sie in früheren Leben auch schon so geniale Menschen waren?«, fragte ich.

»Nein, das heißt es nicht – zumindest nicht unbedingt. Die Seele eines solchen Genies muss sich ihre Fähigkeiten bzw. die Voraussetzungen dafür, dass sich diese Fähigkeiten manifestieren können, irgendwoher mitgebracht haben; sie muss sie in früheren Zeiten erworben haben; es muss eine Präexistenz der Seele geben. Es *muss* frühere Erdenleben geben.«

Gerd nickte und meinte: »Das klingt recht plausibel, wenngleich das natürlich kein Beweis für die Reinkarnation ist. Aber beweisen kann und muss man sie auch nicht. Es gibt meines Erachtens noch einen Aspekt, der dafür spricht, dass wir alle mehrmals auf die Erde kommen.«

»Was meinst du?«, fragte ich.

»Nun, wenn jeder Mensch nur ein einziges Erdenleben zu bestreiten hätte, so könnte es doch niemals eine wirkliche Gerechtigkeit geben. Stellt euch etwa einen Menschen vor, der mit einer schweren Behinderung geboren wird, so dass er niemals ein normales Leben führen kann. Oder denkt an solche, die häufig krank sind oder unter elenden Daseinsbedingungen leben, während andere bei bester Gesundheit im Überfluss leben. Das wäre doch in höchstem Maße ungerecht.«

Gabi stimmte Gerd vehement zu: »Genau das habe ich Johanna kürzlich auch schon zu erklären versucht. Ohne die wiederholten Erdenleben wäre alles ungerecht, um nicht zu sagen sinnlos.«

Dann gab ich zu bedenken: »Wenn das wirklich stimmt, dass wir alle mehrere Male auf die Erde kommen, so hat das zunächst etwas Tröstliches. Allerdings finde ich den Gedanken, dass wir immer wieder die Unbeholfenheit des Säuglingsalters durchleben müssen, dass wir wieder zur Schule gehen müssen, nicht sehr sympathisch. Könnten wir nicht als Jugendliche oder Erwachsene wiederkommen?«

Gabi lachte und sagte: »Es geht hier nicht darum, was uns sympathisch ist! Zwischen zwei Erdenleben haben sich die ganzen Verhältnisse auf der Erde gründlich verändert. In deinem neuen Leben wirst du vielleicht in eine ganz andere Kultur hineinversetzt, in der ganz andere Gepflogenheiten herrschen als die, welche du aus deinem letzten Leben gewohnt warst, in der auch eine andere Sprache gesprochen wird. Damit kämest du niemals zurecht, wenn du als Erwachsener auf die Welt kämest. Das musst du erst alles – plakativ gesprochen – mit der Muttermilch aufsaugen. Da musst du langsam hineinwachsen. Stelle dir einen Angehörigen eines heutigen unzivilisierten Naturvolkes vor. Wenn dieser plötzlich in eine moderne Großstadt hineinversetzt würde, so hätte er gar keine Chance, mit diesen Verhältnissen klarzukommen. Selbst jemand, der vor 100 Jahren in München gestorben ist, würde mit dem heutigen Leben kaum zurechtkommen, wenn er jetzt als Erwachsener wieder nach München versetzt würde.«

Das leuchtete mir ein.

Nachdem Gabi dann wieder heimgefahren war, nahm ich mir vor, die Reinkarnation zumindest für möglich zu halten, und selbst zu einem Rückführungstherapeuten zu gehen. »Vielleicht wird mir dann ja klar, ob da etwas dran ist. Im Idealfall könnte dadurch sogar die Ursache für meine Panikanfälle aufgedeckt werden«, dachte ich. Mein Mann unterstützte mein Vorhaben. Er hatte niemals irgendeinen Einwand gegen etwas, was mir wichtig war oder notwendig erschien, erhoben. Vielmehr hat er mich immer darin bestärkt, das zu tun, was ich tun zu müssen glaubte. Gerd hat sich auch nie beschwert, dass ich früher so viel Zeit mit Fränzchen und später mit den Bewohnern des Altenheims erübrigt habe, obwohl es ihm gewiss lieb gewesen wäre, wenn ich mehr Zeit mit ihm verbracht hätte.

Nun wollte ich es wissen. Gleich am nächsten Tag setzte ich mich an meinen PC und suchte im Internet nach einem Therapeuten in meiner Nähe. Als Suchbegriff gab ich »Rückführungstherapie in München und Umgebung« ein. Ich war recht überrascht, wie viele Treffer angezeigt wurden. Ohne lange zu forschen, klickte ich – fast intuitiv – die erstbeste Seite an. Auch nahm ich mir nicht die Zeit, die Seite genauer zu studieren, sondern ich rief die Dame, die ich hier Erika Kluge nennen möchte, unverzüglich an.

Ich schilderte ihr kurz von meinem gesundheitlichen Problem und bat sie, mir einen Termin für eine Sitzung zu geben.

Daraufhin fragte sie: »Waren Sie schon einmal bei einem Rückführungstherapeuten?«

»Nein, aber ich habe schon darüber gelesen und einiges von meiner Freundin gehört«, antwortete ich.

Frau Kluge fuhr fort: »Bevor wir einen Sitzungstermin ins Auge fassen können, müssen wir uns erst ein wenig kennenlernen. Ich muss *genau* wissen, was Sie zu mir führt. Also, wenn Sie es wünschen, können wir gleich einen Termin für ein unverbindliches Informationsgespräch vereinbaren.«

So kamen wir überein, uns am übernächsten Tag um 16 Uhr in ihrer Praxis, die in der Nähe des Starnberger Sees liegt, zu treffen.

Kurz nachdem wir diesen Termin vereinbart hatten, bekam ich eine Panikattacke, die besonders heftig war. Das brachte mich jedoch nicht von meinem Vorhaben ab. Es bestärkte mich eher in meinem Entschluss.

Als ich mich am besagten Tag auf den Weg zu Frau Kluge machte, war ich doch recht nervös, zumal ich keine ganz genaue Vorstellung von dem hatte, was mich erwartete. Schließlich macht es einen Unterschied, ob man den Erfahrungsbericht eines anderen Menschen liest oder ob man diese Erfahrung selbst macht. Meine Gefühlslage schwankte zwischen spannender Erwartung und Skepsis.

Frau Kluge empfing mich mit den Worten: »Grüß Gott, Frau Holtkamp. Schön, dass sie gekommen sind.« Ich war ein wenig überrascht, dass mir da eine noch relativ junge modisch gekleidete Dame mit pfiffiger Kurzhaarfrisur gegenüberstand, die alles andere als einen verschrobenen Eindruck erweckte, wie ich das wohl unterbewusst erwartet hatte.

Dann bat sie mir einen Platz in einem kleinen Nebenraum an. Wir setzten uns auf zwei Sessel, die durch einen kleinen, runden Tisch voneinander getrennt waren. Ansonsten waren in diesem Zimmer nur noch ein Bücherregal und ein kleiner Schreibtisch, auf dem sich auch noch einige Bücher und ein Laptop befanden.

Frau Kluge begann: »Sie haben mir ja schon am Telefon angedeutet, dass sie ein gesundheitliches Problem haben, dessen Ursache Sie nicht kennen und das Sie gern loswerden möchten. Können Sie mir dieses Problem jetzt näher schildern?« Ich berichtete ihr peinlich genau von meinen Anfällen und über alles, was ich bisher ohne Erfolg dagegen unternommen hatte.

»Wie Sie sicher wissen, gibt es nichts, das keine Ursache hat. Gerade bei psycho-somatischen Problemen tappen die Mediziner und Psychologen häufig im Dunkeln. Diese Ursache ist tief in Ihrer Seele verwurzelt. Ihre Seele kennt sie natürlich. Aber sie lässt sie nicht ins Oberbewusstsein aufsteigen. In vielen Fällen ist das auch gut so, weil der Patient nicht immer die Gründe ertragen kann. Es ist also gewissermaßen eine Schutzfunktion.«

»Ich glaube, ich bedarf dieser Schutzfunktion nicht. Vielmehr möchte ich endlich wissen, warum ich diese Anfälle bekomme. Vielleicht treten sie ja nicht mehr auf, wenn ich den wirklichen Grund kenne«, sagte ich.

Frau Kluge entgegnete: »Wenn das Ihre Überzeugung ist und wenn Sie sich stark genug fühlen, die Wahrheit zu erfahren, sollten wir es versuchen. Die Wahrscheinlichkeit, dass wir der Sache auf die Spur kommen, ist nach meiner Erfahrung sehr hoch. Auch dürfen Sie die berechtigte Hoffnung haben, dass Sie anschließend nicht mehr von den Attacken gepeinigt werden. Aber eine Garantie gibt es natürlich nicht.«

Dann wollte ich wissen, wie eine solche Sitzung abläuft.

Die Therapeutin erklärte: »Also, im Gegensatz zu einigen meiner Kollegen arbeite ich *nicht* mit Hypnose. Hypnose ist nach meiner festen Überzeugung in der heutigen Zeit nicht mehr angemessen. Es ist wichtig, dass die Patienten während der gesamten Sitzung mit ihrem normalen Wachbewusstsein dabei sind. Der Patient legt sich auf eine Couch. Dann führt er nach meinen Vorgaben ein ca. fünfminütiges Atmungsritual durch, das ihn in einen völlig entspannten

Zustand versetzt. Anschließend geht es los: Ich führe ihn mit Fragen und Anweisungen durch Zeit und Raum, und er schildert, was er sieht und fühlt. Auch wenn der Patient noch so tief in ein früheres Lebens eintaucht, ist ihm immer bewusst, dass er hier bei mir auf der Couch liegt. Sie müssen also nicht befürchten, dass irgendetwas geschieht, was gegen Ihren Willen ist.«

»Wie sicher ist es, dass die Methode bei mir funktioniert?«, wollte ich wissen.

»Nun, das kommt ganz auf Ihre innere Einstellung an. Wenn Sie wirklich gute Gründe haben, die Wahrheit zu erfahren, und wenn Sie Vertrauen haben, wird sie funktionieren. Wenn Sie Zweifel oder Ängste verspüren, kann es schwierig werden.«

»Wie viele Sitzungen werden nötig sein?«

»Das kann man so pauschal nicht sagen. Es wäre möglich, dass Ihre Seele gleich in der ersten Sitzung die Ursache preisgibt. Dann könnte eine Sitzung reichen. In den meisten Fällen, in denen es so wie bei Ihnen um ein ganz konkretes Problem geht, werden wohl eher zwei oder sogar drei Sitzungen nötig sein.«

Ich brauchte nicht mehr lange überlegen, um mich definitiv für diese Therapieform zu entscheiden. Ich ließ mir einen Termin geben. Abschließend fragte ich noch: »Muss ich mich auf die Sitzung besonders vorbereiten?«

»Nein, das ist nicht nötig. Ihre Seele weiß, um was es Ihnen geht. Sie weiß, in welches Leben Sie geführt werden müssen. Sie wird Ihnen auch nur solche Situationen offenlegen, die für Sie wichtig sind, die Ihnen im jetzigen Leben weiterhelfen können. Dennoch könnte es hilfreich sein, Ihre Seele sowie Ihren Engel am Vorabend kurz vor dem Einschlafen zu bitten, Ihnen am nächsten Tag bei der Rückführung das zu offenbaren, was für Sie relevant ist.«

Ich sagte: »Als Kind habe ich immer an meinen Schutzengel geglaubt. Später hielt ich das für einen Kinderglauben. Also, wenn ich Sie richtig verstehe, gibt es diese Wesen wohl wirklich?«

»Ja, aber selbstverständlich! Jedem Menschen ist ein Engel zugeteilt. Dieser führt ihn durch alle Erdenleben hindurch. Er ist immer an seiner Seite – auch im Leben zwischen Tod und neuer Geburt.«

Frau Kluges Empfehlung entsprechend stimmte ich mich am Abend vor der ersten Sitzung auf diese ein. Ich bat meine Seele und meinen Engel, mir die Ursache meiner Anfälle offenzulegen. Es war schon ein sonderbares Gefühl, mich nach rund vierzig Jahren erstmals wieder an meinen Schutzengel zu wenden...

1. Sitzung

Am vereinbarten Tag kam ich überpünktlich bei Frau Kluge an. Sie begrüßte mich sehr freundlich und bat mich gleich in das Sitzungszimmer. In diesem Raum befand sich eine große rote Liege, die sehr bequem aussah. Gegenüber stand ein Schreibtisch. An den Wänden hingen mehrere Bilder mit spirituellen Motiven. Die Fenstervorhänge waren zugezogen, so dass der Raum etwas abgedunkelt war. Im Hintergrund ertönte ganz leise und ruhige Musik.

Frau Kluge bat mich, auf der Couch Platz zu nehmen. Dann sagte sie: »Geht es Ihnen gut, und sind Sie bereit, sich der Therapie zu unterziehen?« Ich bejahte mit leicht mulmigem Gefühl.

Frau Kluge fuhr fort: »Die Sitzung wird folgendermaßen ablaufen: Sie legen sich auf die Couch und machen es sich so bequem wie möglich. Dann werden Sie einige Minuten tief ein- und wieder ausatmen, anfangs ganz langsam, dann etwas schneller. Ich werde den Rhythmus vorgeben. Anschließend werden Sie ganz entspannt sein. Dann werde ich Sie mit Fragen und Anweisungen durch die Sitzung führen.

Sie schildern alles, was sie wahrnehmen. Wenn es Ihnen nicht behagt oder wenn Sie Angst verspüren, können wir jederzeit unterbrechen oder aufhören. Die Sitzung wird etwa eine Stunde dauern. Ich werde unseren Dialog auf meinem Laptop aufzeichnen und anschließend auf einen Stick kopieren, so dass Sie sich später daheim alles in Ruhe anhören können. Übrigens, während der Sitzung werde ich Sie mit ›Du‹ anreden. Wenn es Ihnen recht ist, können wir uns aber auch außerhalb der Sitzung duzen.« Ich war einverstanden. »Können wir anfangen? Bist du bereit?« Ich nickte.

Dann schloss ich die Augen und ließ meinen Atemrhythmus von Erika bestimmen. Dieses Atmungsritual war recht anstrengend und erschien mir endlos zu dauern.

Nach einer gefühlten Ewigkeit ging es endlich los. Erika begann mit ihrer Führung.

Gehe zurück durch Raum und Zeit, hinein in ein konkretes früheres Leben, ein Leben, in dem etwas vorgefallen ist, was die Ursache für deine heutigen Panikattacken sein könnte. Schau, was da auftaucht, wer du da bist, und sprich aus, was du siehst.

(Ich atme schwer, sehe aber keine Bilder.)

Lass dir Zeit und sprich, sobald du etwas siehst oder empfindest.

Ich glaube, ich bin in einem Kino. --- Ja, es ist ein Kino.

Was siehst du noch?

Der Saal ist völlig leer. --- Ich bin die einzige Person in dem riesigen Raum.

Wie siehst du aus? Beschreibe es.

Ich sehe mich nicht. --- Doch, jetzt kann ich mich sehen. Ich sehe genauso aus wie jetzt. Ich habe sogar die gleiche Kleidung an wie heute.

Was machst du in dem Kino?

Ich warte darauf, dass der Film beginnt.

Weißt du, um welchen Film es sich handelt?

Nein, keine Ahnung --- Aber es ist ein Film, der mir schon ein wenig Angst macht, obwohl ich ihn nicht kenne und auch nicht weiß, worum es geht.

Was passiert weiter?

Ich stehe hinter der letzten Sitzreihe. Ich fühle mich wie an der Wand festgenagelt. --- Mein Blick richtet sich auf die Leinwand. Die ist aber gar nicht zu sehen.

Warum kannst du sie nicht sehen?

Sie ist von einem dunklen, schweren Vorhang verdeckt.

Möchtest du den Vorhang öffnen.

Ich weiß nicht. --- Ich glaube, das kann oder darf ich nicht. --- Ich fühle mich unwohl. --- Am liebsten würde ich weggehen. --- Aber ich kann nicht!

Lass dir Zeit. --- Wie geht es weiter?

(Ich atme etwa eine Minute sehr schwer, und es tut sich zunächst nichts.)

Jetzt kommt ein Mann. Der versucht den Vorhang aufzuziehen.

Siehst du jetzt die Leinwand?

Nein, der Mann schafft es nicht.

Wie geht es weiter?

Jetzt kommt noch ein zweiter Mann. --- Die Männer versuchen gemeinsam, den schweren Vorhang aufzumachen.

Gelingt es ihnen?

Ja --- Ich kann jetzt die Filmleinwand sehen.

Beginnt der Film?

Ich höre schon Musik --- etwas traurige Musik.

Was fühlst du?

Ich habe ein wenig Angst. --- Ich weiß, dass der Film nur mir gilt. Er hat mit mir zu tun.

Siehst du schon Bilder?

Ja, aber ich habe jetzt nicht mehr den Eindruck, dass ich in einem Kino bin und einen Film sehe. Auch höre ich keine Musik mehr.

Was ist jetzt anders?

Ich bin mittendrin. Ich bin einer der Darsteller. --- Aber es ist kein Film. --- Es sind wohl eher Erinnerungen. Aber die Bilder sind kräftiger und gesättigter als die üblichen Erinnerungs- oder Vorstellungsbilder.

Was siehst du? Sprich es aus.

Ich sehe eine Straße in einer Großstadt. Es könnte Berlin sein, aber ich bin mir nicht sicher. Da ist ein Büchergeschäft. --- Vor dem Bücherladen steht ein Mädchen.

Bist du dieses Mädchen, oder bist du ganz woanders?

Ich bin mir nicht sicher.

Beobachtest du das Mädchen?

Ja --- Es steht ganz ruhig einfach so da und schaut sich im Schaufenster die Bücher an.

Schau, was du für einen Körper hast, schau an dir herab und spüre dich. Spüre, ob es dich hineinzieht in den Körper und das Leben dieses Mädchens.

Irgendwie kommt sie mir bekannt vor, aber ich glaube nicht, dass ich das bin. --- Nein, ich bin es nicht.

Beobachte die Situation weiter und lasse deutlich werden, wer du da bist.

Jetzt wird es deutlich. Ich stehe an einem geöffneten Fenster im ersten Stock eines Hauses an der gegenüberliegenden Straßenseite. --- Ich beobachte das Mädchen.

Bist du ein Mann oder eine Frau?

Ein Junge --- etwa dreizehn oder vierzehn Jahre alt

Was empfindest du, während du das Mädchen beobachtest?

Irgendwie tut mir das Mädchen leid. Ich fühle, dass Unheil auf sie zukommt, aber ich fühle mich so ohnmächtig zu helfen. --- Aber ich glaube, dieses Mädchen braucht meine Hilfe gar nicht. Sie macht einen sehr tapferen Eindruck.

Welches Unheil befürchtest du?

Ich weiß nicht. --- Es ist so ein Gefühl.

Gehe ein Stück in der Zeit voraus und schaue, was passiert.

(Ich atme wieder sehr schwer und verspüre Angst.)

Nein, ich kann jetzt nicht! --- Ich habe Angst vor dem, was da kommen könnte.

Gut, dann gehe in der Zeit ein wenig zurück. Welche Bilder tauchen da jetzt auf?

Ich bin wieder im Kino und sehe die Leinwand. --- Die Vorhänge werden wieder zugezogen.

Gut, dann löse dich von dieser Situation und bleibe noch ein paar Minuten ganz ruhig liegen.

Anmerkung:

Alle Sitzungen wurden aufgezeichnet. Alles, was gesprochen wurde, ist hier nahezu wortgetreu und weitestgehend ungekürzt wiedergegeben. Ich habe lediglich einige meiner Antworten ein wenig ›geglättet‹, da ich während der Sitzungen nicht immer ›druckreif‹ gesprochen habe. Drei aufeinanderfolgende Bindestriche (---) symbolisieren kürzere Sprechpausen.

Schon nach wenigen Sekunden öffnete ich die Augen und schnaufte noch einmal kräftig durch. Ich äußerte meine

Enttäuschung, dass die Rückführung nicht viel gebracht hatte.

Erika sagte ganz behutsam: »So pessimistisch möchte ich das nicht ausdrücken. In dir stecken offensichtlich noch tiefe Ängste. Deine Seele weiß, dass du heute noch nicht bereit, noch nicht stark genug warst, mehr zu verkraften. Deshalb hat sie dir nicht mehr offenbart. Glaube mir, dass ist gut so! Vielleicht hat sich aber auch etwas in dir gesträubt, weil du Zweifel an der Wirksamkeit einer Rückführung hattest.«

Ich musste zugeben, dass ich schon ein wenig skeptisch war.

Dann meinte Erika: »Immerhin hast du doch ein paar Szenen aus einem möglicherweise früheren Leben gesehen und nachempfunden. Du siehst also, dass es funktioniert. Vielleicht sind ja jetzt deine Skepsis und deine unterbewussten Ängste gewichen, so dass wir es noch einmal versuchen könnten. Wir sollten mit der nächsten Sitzung nicht so lange warten. Ich könnte dir übermorgen einen Termin anbieten. Es ist natürlich deine Entscheidung.«

Ich überlegte eine Weile und sagte dann zu.

Am gleichen Abend erfasste mich daheim erneut eine besonders heftige Panikattacke mit schwerer Atemnot. Diese bekräftigte zusätzlich mein Vorhaben, mich noch einmal rückführen zu lassen.

Am übernächsten Tag fuhr ich wieder zur Therapeutin. Ich hatte mir fest vorgenommen, mit einer positiven Einstellung an die Sache heranzugehen.

2. Sitzung

Erika begrüßte mich mit den Worten: »Grüß dich, Johanna, du wirst sehen, heute wird deine Seele dir mehr preisgeben.«

Ich legte mich auf die Couch. Erika schloss die Vorhänge. Im Hintergrund klang ganz leise Musik. Dann erfolgte wieder das Atmungsritual.

Gehe zurück durch Raum und Zeit, hinein in dein früheres Leben, aus dem deine Seele dir schon beim letzten Mal einige Situationen offenbart hat. Schau, was da auftaucht, und sprich aus, was du siehst.

Ich bin wieder in dem Kino.

Schau dich genau an. Siehst du so aus wie heute?

Ja, ich bin Johanna Holtkamp. --- Es ist der heutige Tag.

Was siehst du noch?

Ich sehe die Leinwand.

Beginnt der Film?

Ja --- Nein, es ist kein Film.

Was ist es dann?

Ich sehe eine Situation, in der ich selbst drinstecke.

Wie schaust du aus? Wer bist du da?

Wieder der ungefähr dreizehnjährige Junge

Stehst du wieder am Fenster?

Ja

Siehst du wieder das Mädchen?

Ja, es steht auf der anderen Straßenseite.

Was macht das Mädchen?

Es unterhält sich mit einer Frau.

Bekommst du mit, über was sie reden?

Nein, die sind zu weit weg. --- Aber die Frau scheint Angst zu haben. --- Ich glaube, das Mädchen tröstet sie.

Hast du eine Ahnung, vor was die Frau Angst hat?

--- Die beiden tragen einen langen grauen Mantel, an dem ein Judenstern angenäht ist. --- Die Frau hat Angst, weil sie Jüdin ist.

Was haben die Juden zu befürchten?

Die Leute munkeln, dass alle Juden irgendwohin deportiert werden sollen. --- Einige Nachbarn sind schon abgeholt worden.

Warum hat das Mädchen keine Angst?

Ich weiß nicht. --- Ich glaube, sie ist einfach tapfer. --- Vielleicht gibt sie auch nichts auf die Gerüchte.

Bist du auch Jude?

Ja

Wie ist dein Name?

David --- nein, meine Eltern nennen mich Daniel. Ja, ich heiße Daniel.

Was machst du anschließend?

Ich gehe wieder in unsere Wohnung.

Wie schaut es in der Wohnung, in der du lebst, aus?

Ziemlich kahl und leer

Woher kommt das?

Irgendwelche Leute in Uniform, in braunen Uniformen mit Stiefeln, hohen Stiefeln, haben die schönsten und wertvollsten Möbel, alle Bücher und Gemälde und das Tafelsilber abgeholt. --- Sie haben uns einfach alles weggenommen, ohne zu fragen und ohne etwas dafür zu bezahlen.

Blende noch ein Stück zurück in der Zeit und gehe dahin, wo diese Möbel und Wertsachen noch in eurer Wohnung waren, und schau, was für ein Leben du da führst. Wer bist du da? Was tust du da?

Ich bin – wie gesagt – ein Schulbub und das einzige Kind meiner Eltern. Uns geht es sehr gut. Mein Vater arbeitet bei einer Bank. Wir sind einigermaßen vermögend.

Gehe wieder in die Situation, in der du am Fenster stehst. Wie geht es dann weiter? Was passiert an den folgenden Tagen?

Ich stehe fast den ganzen Tag am Fenster. --- Wir verlassen das Haus nur noch, wenn es unbedingt notwendig ist.

Warum bleibt ihr immer im Haus?

In vielen Geschäften und öffentlichen Einrichtungen sind Juden unerwünscht. --- Viele Deutsche haben einen Hass auf uns Juden. --- Da wir alle den Judenstern tragen müssen, werden wir sogleich als solche erkannt.

Wie verhalten sich die Deutschen, wenn ihr ihnen auf der Straße begegnet?

Sehr unterschiedlich! --- Manche ganz normal, einige scheinen Mitleid mit uns zu haben. --- Es gibt aber auch etliche, die uns beschimpfen oder sogar anspucken.

Siehst du das Mädchen noch öfters?

Ja, hin und wieder, wenn ich aus dem Fenster schaue.

Hast du einmal versucht, sie anzusprechen?

Nein

Kennst du sie von irgendwoher?

Nein, ich sehe sie nur manchmal auf der Straße.

Gehe weiter in der Zeit und lasse deutlich werden, wie es mit dir und deinen Eltern weitergeht.

(Ich atme schwer. Aber es wollen zunächst keine Bilder kommen.)

Jetzt, jetzt kommen sie!

Wer kommt jetzt?

Die Männer in ihren abscheulichen Uniformen --- drei Männer --- Sie kommen, ohne anzuklopfen in unsere Wohnung und schreien rum.

Was schreien die Männer?

Schnell, schnell, packt eure sieben Sachen, wir bringen euch jetzt ins gelobte Land!

Was fühlst du?

Eine gewisse Erleichterung

Inwiefern fühlst du eine Erleichterung?

Wir haben ja gewusst, oder zumindest geahnt, früher oder später abgeholt zu werden. Meine Eltern hatten schon vor Tagen zwei Koffer mit dem Nötigsten gepackt. --- Dieses Warten, diese Ungewissheit war sehr, sehr schlimm. --- Jetzt ist es endlich so weit.

Wo bringen die Männer euch hin?

Sie verfrachten uns auf einen großen Lastkraftwagen, so eine Art Planwagen.

Sind in dem Wagen schon andere Leute?

Ja, etwa zehn.

Kennst du einige?

Ja, einige --- Es sind Nachbarn, alles Juden. --- Auch das Mädchen ist dabei. --- Sie lächelt mich an.

Wie geht es dann weiter? Wo bringen sie euch hin?

Die Fahrt dauert nicht lange. --- Dann kommen wir an und müssen aussteigen.

Wo seid ihr?

Auf einem Bahnsteig --- Ich glaube, es ist der Güterbahnhof.

Wie geht es weiter?

Da steht ein Zug, ein langer Zug mit vielen Waggons. Ich glaube, es sind Viehwaggons.

Müsst ihr in einen der Waggons einsteigen?

Ja, Männer in Uniformen treiben uns da rein. --- Sie schreien rum. Es geht ihnen nicht schnell genug.

Wie ist es in dem Waggon, in dem du bist?

Eng, sehr eng, weil da sehr viele Leute drin sind

Was nimmst du wahr?

Man kriegt kaum Luft. --- Es stinkt nach Urin.

Fährt der Zug jetzt los?

Ja, er fährt nicht sehr schnell. --- Die Fahrt dauert lange, mehrere Stunden.

Gehe weiter in der Zeit und schaue, wo ihr ankommt. Wie geht es dann weiter?

Sie treiben uns aus dem Waggon. --- Hunderte von Leuten stehen da jetzt rum. --- Die meisten sind Juden.

Wo seid ihr?

Ich weiß nicht. --- Es schaut aus wie ein Dorf, nein, wie eine Kaserne. --- Das Gelände ist umzäunt, soweit ich das erkennen kann.

Was fühlst du?

Ungewissheit und eine gespannte Erwartung --- keine Angst

(Mir laufen ein paar Tränen die Wangen hinunter.)

Möchtest du schildern, wie es weitergeht?

Ja! --- Da sind viele Männer mit Gewehren in Uniformen. Einige haben einen Schäferhund an der Leine. --- Sie nehmen allen die Koffer weg.

Was sagen die Männer?

Sie sagen, dass alle zunächst desinfiziert werden müssen, weil wir voller Ungeziefer wären.

Wo bringen sie euch hin? Wie geht es weiter? Was nimmst du als nächstes wahr?

Ich bin in einem halbdunklen Raum. An der Decke sind Duschköpfe. Es ist so eine Art Gemeinschaftsdusche.

Sind noch andere Menschen in der Dusche?

Ja, ganz viele --- Alle sind nackt und eng aneinander gedrängt. Der Raum ist viel zu klein für die vielen Leute.

Was machen die Leute?

Manche weinen, manche fassen sich an den Händen oder umarmen sich, einige singen, andere beten. --- Ein Mann zitiert einen Psalm.

Nimm dein Gefühl wahr. Was spürst du?

Es ist alles so unwirklich. --- Ich könnte aber nicht sagen, dass ich Angst hätte. --- Irgendwie wünsche ich, dass bald alles vorbei ist. --- Ich glaube, allen ist klar, dass sie hier nicht mehr lebend rauskommen.

Wie geht es weiter?

Aus den Duschköpfen, nein, ich glaube eher aus Öffnungen in der Wand scheint Wasserdampf zu kommen. --- Es ist aber kein Dampf... --- Ich kann nicht mehr atmen! --- Ich verliere das Bewusstsein...

(Dieses Nacherleben war recht heftig. Ich konnte mich der Tränen nicht erwehren. Für einen Moment hatte es den Anschein, als würde ich eine heftige Panikattacke bekommen. Aber ich beruhigte mich schnell wieder.)

Gut, dann löse dich von dieser Situation und bleibe noch ein paar Minuten ganz ruhig liegen.

Nach etwa fünf Minuten öffnete ich die Augen und schnaufte noch einmal kräftig durch. Es dauerte eine ganze Weile, bis ich wieder so richtig im Hier und Jetzt angekommen war. Obwohl mir zu jedem Zeitpunkt klar war, dass ich bei Erika auf der Couch liege, steckte ich sehr tief in den Erlebnissen dieses möglichen früheren Lebens drin. Bisweilen war es fast so, als würde ich es noch einmal durchleben.

Als Erika merkte, dass ich wieder angekommen und ansprechbar war, fragte sie: »Sind dir irgendwelche Personen aus deinem geschilderten Leben in diesem Leben wiederbegegnet – zum Beispiel das kleine jüdische Mädchen?«

Erstaunlicherweise überraschte mich die Frage nicht, und ich antwortete: »Ich hatte mal kurz das Gefühl, dass das Mädchen im jetzigen Leben mein Sohn sein könnte. Ich habe diesen Gedanken aber wieder verworfen. Nein, ich glaube, dass keine der Personen in meinem gegenwärtigen Leben eine Rolle spielt.«

Da Erika an diesem Tage keinen weiteren Termin und noch etwas Zeit hatte, unterhielten wir uns noch ein knappes Stündchen.

Erika meinte: »Ich denke, der Fall ist recht eindeutig. Dein Tod in der Gaskammer ist die Ursache für deine Panikattacken in deinem gegenwärtigen Leben. Dieses fürchterliche Erlebnis ist in deiner Seele tief verwurzelt. Immer, wenn du im jetzigen Leben in eine Situation geraten bist, die eine gewisse Ähnlichkeit mit der damaligen aufwies, blitzte die unbewusste Erinnerung auf und löste einen Anfall aus. Da du die Ursache jetzt kennst, da du sie noch einmal angeschaut und gewissermaßen erneut durchlebt hast, ist es sehr gut möglich, dass die Anfälle nicht mehr auftreten werden.«

»Ja, hoffentlich«, sagte ich. »Jetzt wird mir auch klar, warum ich früher meistens einen Anfall in der Gemeinschaftsdusche des Schwimmbades oder in engen Räumen, in denen ich mit vielen anderen Menschen eng beisammen war, hatte.« Erika nickte zustimmend.

Natürlich war ich von den Bildern, die ich sehen durfte, von den Situationen, in denen ich tief drinsteckte, und insbesondere von den Emotionen, die ich hatte, tief ergriffen und beeindruckt. Aber irgendwie konnte ich noch nicht so recht glauben, dass es wirklich *reale* Erlebnisse aus einem früheren Leben waren. So fragte ich: »Kann man eigentlich davon ausgehen, dass alles, was ich gesehen, gefühlt und ausgesprochen habe, der Wahrheit entspricht? Bin ich wirklich in ein früheres Leben eingetaucht, oder waren das lediglich Phantasie- oder Zerrbilder?«

Erika antwortete: »Das ist eine berechtigte Frage! Zunächst einmal musst du wissen, dass es einem Rückführungstherapeuten nicht so wichtig ist, ob der Patient *reale Erlebnisse* früherer Inkarnationen wahrnimmt. Vielmehr kommt es ihm darauf an, die Ursache des Problems herauszufinden, was dann meistens zu einer Lösung bzw. Heilung führen kann. Selbstverständlich ist einiges von dem, was die Seele preisgibt, symbolisch. Besonders deutlich wurde das ja vorgestern bei dir, als du dich in einem Kinosaal wähntest und der Vorhang zu deinem Lebensfilm erst mit einiger Verzögerung aufging. Das war ein klares Indiz dafür, dass sich anfangs noch irgendetwas in dir sträubte, in dieses frühere Leben einzutauchen. Wenn in dir zu starke Ängste stecken oder wenn du das, was die Seele dir zeigen will, nicht ertragen könntest, wird sie es dir zu deinem eigenen Schutz nicht offenbaren. Du hattest ganz offensichtlich auch große Angst vor dem, was dich erwarten würde und konntest sie nicht ganz loslassen. Das wurde nicht zuletzt dadurch symbolisiert, dass zwei Männer nötig waren, um den schweren Vorhang aufzuziehen. Ab diesem Zeitpunkt hat deine Seele dich zumindest mit auf eine kurze Zeitreise genommen. Der Vorhang wurde geöffnet, und dir wurden ein paar Szenen deines früheren Lebens offengelegt. Also, *symbolisch* waren der Kinosaal, der Vorhang, die beiden Männer und die Leinwand. Heute hattest du keine so tiefen Ängste mehr. Zwar hast du dich noch kurz in einem Kino gewähnt und die Leinwand gesehen, aber dann wurde dir recht schnell vieles preisgegeben, im Grunde sogar alles, was zur Lösung deines Problems nötig war. Du warst bereit, dich auf die Zeitreise zu begeben.«

»Ja, aber alles, was ich dann wahrgenommen habe, könnten doch auch fiktive Geschehnisse oder Phantasiegeschichten gewesen sein, die ich nie selbst erlebt habe, oder? Etwas ähnliches wie das, was ich geschildert habe, habe ich gewiss schon einmal im Fernsehen gesehen«, warf ich ein.

»Im Prinzip schon. Aber selbst dann waren es Bilder, welche deine Seele für so wichtig hielt, dass sie dir diese zeigte. Auch ein erfahrener Therapeut kann nicht immer beurteilen, inwieweit das, was ein Patient sieht und schildert, Tatsachen entspricht. Aber man bekommt im Laufe der Zeit ein Gespür dafür, ob es sich um reale Begebenheiten aus früheren Leben handelt oder um Fiktionen. Bei dir hatte ich das ganz sichere Gefühl, dass du absolut real aus einem früheren Leben schilderst, zumal dich einige Erlebnisse emotional stark ergriffen haben. Hin und wieder hatte ich Patienten, die sich in einem früheren Leben – sagen wir im frühen Mittelalter – wähnten und dann Dinge schilderten, die historisch einfach nicht passen. Ein krasses Beispiel wäre, wenn jemand aus einem vermeintlich früheren Leben vor mehreren Hundert Jahren schildert und dann etwa sagt, er habe auf seine Uhr geschaut. Das könnte zwar eine große symbolische Bedeutung haben, hätte aber mit historischen Tatsachen nichts zu tun. Auch bin ich immer etwas skeptisch, wenn ein Patient sich während der Rückführung als eine große Persönlichkeit der Weltgeschichte sieht. So hatte ich innerhalb einer Woche einmal zwei Patienten, die beide schilderten, Maria Magdalena gewesen zu sein. Aber – wie gesagt – bei dir hatte ich ein gutes Gefühl. Ich bin mir ziemlich sicher, dass es authentisch war.«

Nun wollte ich noch mehr über die Reinkarnationsidee erfahren und fragte: »Wenn ich die Reinkarnationslehre halbwegs richtig verstanden habe, so habe ich doch schon zahlreiche Leben hinter mir. Schlummern *alle* diese Erinnerungen in meiner Seele? Und warum kann ich mich nicht selbst daran erinnern, ohne einen Therapeuten zu bemühen?«

»Ja, wir alle haben schon zahlreiche Erdenleben durchgemacht. Und der Seele geht nichts verloren. In ihr stecken alle Erinnerungen bis ins kleinste Detail. Es gibt einige wenige Menschen, die sich an einiges aus früheren Leben erinnern können, etwa so, wie wir uns an manche Erlebnisse aus unserer frühen Kindheit zu erinnern vermögen. Bei einigen blitzt zumindest in besonderen Augenblicken ganz spontan eine kurze Erinnerung auf, etwa wenn sie Orte besuchen, an denen sie in einem früheren Leben zu Hause waren. Im Grunde müssen wir froh sein, dass wir uns nicht an unsere früheren Inkarnationen erinnern können. Das könnten wir gar nicht ertragen. Das würde uns überfordern.«

Dann wollte ich wissen: »Gibt es so etwas wie eine Regel, nach welcher Zeit ein Mensch wiedergeboren wird?«

»Im Durchschnitt dürften wohl mehrere Jahrhunderte zwischen zwei Inkarnationen liegen. Im Allgemeinen betritt ein Mensch erst dann wieder den irdischen Schauplatz, wenn sich insbesondere die kulturellen Verhältnisse auf der Erde grundlegend gewandelt haben, so dass er neue Impulse aufnehmen und neue Erfahrungen sammeln kann. Aber auch in Abhängigkeit davon, in welches Volk ein Mensch hineingeboren wird, kann er anderes lernen und erfahren. Ja, selbst wenn sich jemand als Frau inkarniert, kann die Seele gänzlich andere Erfahrungen machen, als wenn sie sich als Mann verkörpert hätte. Wir können davon ausgehen, dass wir alle in jeder großen Kulturepoche der Menschheit mindestens einmal verkörpert waren, also etwa im alten Ägypten, im alten Griechenland, im Mittelalter, usw. Die Erfahrungen, die wir nur in diesen Epochen sammeln konnten und die Impulse, die wir nur in diesen Zeiten aufnehmen konnten, haben wir benötigt.«

»Wo befindet sich die Seele in der langen Zeit zwischen zwei Erdenleben?«

»Um es kurz zu machen: Nach dem Tod befindet sich die Seele längere Zeit in der Seelenwelt. Sie weiß jetzt, was im letzten Erdenleben nicht so gut gelaufen ist, durch was sie sich verschuldet hat, was sie zu tun versäumt hat, usw. Dadurch kann sie den Impuls gewinnen, es im nächsten Leben besser zu machen. Insbesondere gehört es dort zu ihren Aufgaben, sich von allen Trieben, Leidenschaften, Wünschen und dergleichen, die nur im Erdenleben befriedigt werden können und die in den übersinnlichen Welten keine Berechtigung mehr haben, zu befreien, zu reinigen. Dann gewinnt sie die Anwartschaft für die geistige Welt, die viele ›Himmel‹ nennen. Hier wird sie zusammen mit hohen Geist- oder Engelwesen sowie den Seelen anderer Verstorbener ihr neues Erdenleben in groben Zügen planen, damit sich das notwendige Karma erfüllen kann.«

Den Begriff ›Karma‹ hatte ich zwar schon einmal irgendwo aufgeschnappt, ich konnte damit aber nicht viel verbinden. Ich fragte allerdings nicht nach, um nicht noch eine andere ›Baustelle‹ aufzumachen. Mir kam etwas anderes unlogisch vor. Wie Erika sagte, befinden sich die Seelen zwischen zwei Inkarnationen ja sehr lange Zeit – oftmals Jahrhunderte – in der Seelenwelt bzw. in der geistigen Welt. Somit schien es mir widersprüchlich zu sein, dass ich schon so kurze Zeit nach meinem Tod in der Gaskammer wiedergeboren worden sein könnte. So fragte ich: »Es war ja wohl irgendwann zwischen 1942 und 1945, dass ich vergast wurde. Nun bin ich aber bereits 1967 wieder auf die Erde gestiegen. Ich wäre somit also nur maximal 25 Jahre in der Seelenwelt bzw. in der geistigen Welt gewesen. Hast du nicht gesagt, dass man dort viel, viel länger verbleibt?«

»Ja, normalerweise schon. Aber es gibt natürlich Ausnahmen. Insbesondere wenn ein Mensch schon als Kind oder Jugendlicher stirbt, so wird er sich häufig sehr viel schneller wieder verkörpern, als wenn er in hohem Alter gestorben wäre. Eine so junge Seele muss nicht die Seelenwelt durchlaufen. Sie kommt sofort in die geistige Welt und wird oftmals schon nach wenigen Jahrzehnten oder sogar bereits nach einigen Jahren wiederkommen. Du bist ja im Dritten Reich im Alter von etwa dreizehn Jahren umgebracht worden. Somit ist es durchaus plausibel, dass du dich schon etwa 25 Jahre später wieder verkörpert hast.«

Ich musste alle diese Informationen, die mir zum größten Teil völlig neu waren, erst einmal verdauen.

Dann meinte Erika: »Ich bin sehr optimistisch, dass deine Anfälle dich nicht mehr peinigen werden. Lasse mich in ein paar Wochen wissen, ob meine Hoffnung sich erfüllt hat.«

»Ja, das werde ich machen. Aber irgendwie bin ich jetzt auf den Geschmack gekommen. Könnten wir nicht noch weitere Sitzungen vereinbaren? Wer weiß, was sich noch alles aufhellen würde, was mir jetzt noch unverständlich ist. Wenn ich deine Frage, die du mir unmittelbar nach der Sitzung gestellt hast, richtig verstanden habe, so wäre es ja möglich, dass ich einigen Menschen, mit denen ich im gegenwärtigen Leben zu tun habe, schon in einem früheren Leben begegnet bin, oder?«

»Ja, natürlich! Das ist der absolute Normalfall! Die meisten Menschen, die uns jetzt nahestehen, kennen wir aus einem oder mehreren früheren Leben.«

»Heißt das, dass etwa mein Mann schon in einem früheren Leben mein Mann war?«

Erika lachte: »Nein, eher nicht! Üblicherweise steht man in jedem Leben mit den jeweiligen Menschen in einer anderen Beziehung. Dein jetziger Mann könnte in einem früheren Leben deine Tochter, dein Großvater, dein Lehrer oder deine Freundin gewesen sein.«

»Das würde mich schon interessieren. Es gibt bzw. gab einige Menschen in meinem derzeitigen Leben, zu denen ich ein besonderes Verhältnis habe bzw. hatte, das ich mir oftmals gar nicht erklären kann. Es wäre schon interessant zu erfahren, in welcher Beziehung ich zu diesen in früheren Inkarnationen stand. Vielleicht würde das einiges erklären.«

Erika konnte meinen Wunsch nachvollziehen und gab mir einen Termin für eine weitere Sitzung.

Daheim erzählte ich alles meinem Mann, der sich sehr interessiert zeigte und sagte: »Vielleicht erfährst du in der nächsten Rückführung ja, ob wir uns schon früher kannten.«
Auch Gabi berichtete ich am Telefon von meinen ersten beiden Rückführungen.

In den folgenden Nächten träumte ich sehr oft von meinem letzten Leben als jüdischer Junge. Das, was ich träumte, war dem, was ich in der Rückführungssitzung sah, sehr ähnlich, fast deckungsgleich. Allerdings tauchten in den Träumen auch Szenen auf, die ich in der Rückführung nicht gesehen hatte. So erlebte ich beispielsweise, dass ich in der Schule von meinen Lehrern und Mitschülern sehr ungerecht und verächtlich behandelt wurde, dass – als ich etwa acht Jahre alt war – meine kleine Schwester starb und dass mein Vater einmal, als er mit mir spazieren ging, von einem deutschen Passanten verprügelt wurde. Diese Träume hatten einen visionären Charakter und waren ungleich heller und intensiver als die Träume, die ich bis dahin kannte, so dass ich mich nach dem Aufwachen noch bestens an sie erinnern konnte.
In einem dieser Träume sah ich das Tor des Lagers, in das wir gebracht wurden, deutlich vor mir. Darüber sah ich so eine Art Schild mit großen Buchstaben aus Eisen. Der Text lautete: »Arbeit macht frei«. Im Internet fand ich heraus, dass diese Aufschrift über dem Eingangsportal des Vernichtungslagers Auschwitz angebracht war. Es sah genauso aus, wie dasjenige, das ich im Traum sah.

In einem anderen Traum sah ich meine Mutter aus meinem letzten Leben. Als wir im Lager angekommen waren, mussten wir uns trennen. Zum Abschied rief sie mir zu: »Wir werden uns wiedersehen!«

Natürlich vermag ich nicht zu beurteilen, ob mir in diesen Träumen tatsächliche Erlebnisse offenbart wurden. Allerdings machten sie einen sehr realen Eindruck auf mich.

Übrigens, die zweite Sitzung war in der Tat von Erfolg gekrönt. Bis zum heutigen Tag – drei Jahre nach diesem Termin – hatte ich keinen einzigen Anfall mehr. Ich gehe mittlerweile sogar hin und wieder ins Schwimmbad – und auch unter die Dusche...

3. Sitzung

Zum vereinbarten Termin traf ich wieder pünktlich in der Praxis der Therapeutin ein.

Erika wollte zunächst wissen, wie es mir nach der vorigen Sitzung ergangen ist und fragte dann zu meiner Überraschung: »Hast du anschließend von deinem letzten Leben geträumt?« Als ich ihr dann von meinen beeindruckenden Träumen erzählt hatte, meinte sie: »Das verwundert mich nicht! Es ist häufig so, dass die Seele nach einer Sitzung noch etwas mitteilen möchte, was sie aus irgendwelchen Gründen während der Rückführung nicht offenbaren wollte oder konnte. Davon berichten viele Patienten. Ich erinnere mich noch gut daran, als ich vor vielen Jahren von meinem Lehrer das erste Mal in eines meiner früheren Leben zurückgeführt wurde. Ich war anschließend ziemlich enttäuscht, weil die Szenen, die ich während der Sitzung sah, nur ein sehr fragmentarisches Bild auf dieses frühere Leben warfen und *vermeintlich* nichts Wesentliches preisgaben. Es waren dann meine Träume, die ich in den folgenden Tagen hatte, welche das ganze erst abrundeten und verständlich machten. Ich denke, dass das, was deine Seele dich durch die Träume noch wissen lassen wollte, durchaus der Realität entspricht.«

»Also, dann bin ich wohl in Auschwitz vergast worden?«

»Ja, davon können wir ausgehen.«

Dann konnte die Sitzung beginnen. Ich legte mich auf die Couch, die Vorhänge waren zugezogen, im Hintergrund ertönte leise, kaum hörbare Musik. Bevor es losging, sagte Erika noch: »Ich frage dich heute nicht, ob du etwas Besonderes auflösen möchtest. Deine Seele ist viel weiser und weiß, was für dich wichtig ist zu erfahren. Sie wird dich schon in ein Leben führen, in dem etwas vorgefallen ist, was für dein heutiges Leben von Belang ist oder was sich in diesem in irgendeiner Form auswirkt.«

Dann erfolgte wieder das Atmungsritual, das mir dieses Mal nicht mehr so anstrengend und endlos erschien.

Gehe zurück durch Raum und Zeit und tauche ein in eines deiner früheren Erdenleben, in dem du etwas erlebt hast, was für dein heutiges Leben wichtig ist, damit du dieses besser verstehen kannst. Schau, wo du dort bist und wer du da bist. Sprich aus, was du siehst und fühlst.

(Zu meiner Überraschung tauchten dieses Mal sofort Bilder auf.)

Da ist ein großer Platz, ein Marktplatz. --- Und da ist ein Feuer. Es ist so eine Art Lagerfeuer. --- Nein, ich glaube, es ist ein Scheiterhaufen.

Was machst du da? Wer bist du da?

--- Ich stehe in der Nähe des Scheiterhaufens. --- Ich bin eine junge Frau.

Wie siehst du aus?

Ich habe ziemlich lange dunkle Haare. --- Ich trage ein langes bräunliches Kleid und so eine Art Haube oder Kopftuch. --- Mein Kleid und meine Hände sind ziemlich schmutzig.

Sind da noch andere Menschen?

Ja, ganz viele! --- Sie stehen alle mit einem gewissen

Abstand um das Feuer herum.

Wie geht es weiter? Soll jemand auf den Scheiterhaufen geworfen werden.

Ja --- Darauf warten alle. --- Wir wollen dabei zuschauen.

Was fühlst du?

Ich bin gespannt. --- Es ist aber auch etwas gruselig.

Warst du schon einmal dabei, wenn jemand auf dem Scheiterhaufen verbrannt wird?

--- Ich kann mich nicht erinnern. --- Nein, ich glaube nicht.

Wie geht es weiter?

Zwei fein gekleidete Männer zerren eine Frau herbei. --- Sie soll verbrannt werden.

Was machen oder sagen die Umstehenden?

Die meisten schweigen. --- Einige beten. --- Manche rufen: »Verbrennt die Hexe!«

Kannst du die ›Hexe‹ sehen? Kennst du sie?

Ja, ich kenne sie.

Treffen sich eure Blicke?

Ja --- Sie schaut mich vorwurfsvoll und verächtlich an. --- Sie stößt mir gegenüber einen Fluch aus. --- Ein Mann sagt: »Das Fluchen wird der Hexe gleich vergehen!«

Wird die Hexe jetzt ins Feuer geworfen?

Ja, es ist ganz fürchterlich! Sie brennt lichterloh! Ich kann nicht mehr! Ich kann diese Bilder nicht mehr ertragen!

Gut, gehe zurück in der Zeit und lasse deutlich werden, woher du die Hexe kennst.

(Ich benötige einige Zeit, um mich wieder zu beruhigen. Es war wirklich sehr schlimm, diese Szene noch einmal zu durchleben.)

Wir arbeiten als Mägde bei einem Bauern im Ort. --- Sie heißt Kunigunde und ist ein paar Jahre älter als ich.

Ist es ein großer Ort?

Ja, ziemlich groß

Welchen Namen hast du?

Man nennt mich Elslein. --- Ja, so heiße ich wohl.

Hast du noch einen weiteren Namen, zum Beispiel einen Familiennamen?

Nein, alle haben nur einen Namen. --- Nur manche feine Herren haben noch einen Beinamen.

In welchem Jahr lebst du gerade?

Alle sagen, dass der Jahrhundertwechsel kurz bevorsteht. --- Ich glaube wir sind im Jahre 1699.

Wie geht es euch da auf dem Hof des Bauern?

Es ist ein schweres Leben. Wir müssen von früh bis spät sehr hart arbeiten --- in den Ställen und auf den Feldern. --- Wir sind sehr arm und haben oft Hunger.

Wie verstehst du dich mit Kunigunde?

Anfangs einigermaßen gut --- später nicht mehr

Wodurch kommt es zu diesem Wandel?

Ich bin neidisch und eifersüchtig.

Gibt es einen Grund dafür?

Sie ist viel hübscher und klüger als ich. --- Alle haben sie viel lieber als mich. --- Auch der Bauer bevorzugt sie. --- Oftmals macht sie sich über mich lustig und sagt, ich sei hässlich und dumm. --- Das stimmt aber nicht!

Wie geht es dann weiter mit euch?

Ich bin so gekränkt. --- Ich fange an, sie zu hassen. ---
Ich will, dass sie vom Hof verschwindet.

Was unternimmst du, damit sie vom Hof verschwindet?

Ich verpetze sie beim Bauern.

Was sagst du dem Bauern über Kunigunde?

Ich sage, dass sie faul ist, --- dass sie dauernd Pause
macht, während die anderen schwer schuften.

Wie reagiert der Bauer?

Er glaubt mir nicht. --- Dann fragt er aber die anderen,
ob das stimme.

Was sagen die anderen?

Die sagen, dass ich lüge.

Wie geht es weiter?

Der Bauer verprügelt mich und streicht mir für eine
Woche das Abendbrot.

Hat Kunigunde von deinem Petzen erfahren?

Ja, natürlich!

Wie reagiert sie?

Sie spuckt vor mir aus und sagt, ich sei eine kleine Hexe.

Was empfindest du?

Angst --- Ich habe Angst.

Wovor hast du Angst?

Dass sie überall erzählt, ich sei eine Hexe

Gibt es denn in dem Ort, in dem du lebst, Hexen?

Ja --- Der Pfarrer sagt immer, dass viele Frauen Hexen
seien und mit dem Teufel im Bunde stehen.

Was wirft man denn diesen Frauen vor?

Sie sind an allem Unheil schuld ---, wenn die Ernte schlecht ist, wenn Seuchen ausbrechen, wenn Menschen oder Tiere sterben.

Glaubst du das auch?

Ja, das glauben alle.

Wie geht es weiter?

Ich will Kunigunde zuvorkommen. --- Ich muss sie als Hexe denunzieren, bevor sie es mit mir tut.

Denunzierst du sie?

Noch nicht --- Ich muss erst auf einen geeigneten Augenblick warten.

Was für ein Augenblick ist das und kommt dieser?

Ja, ein paar Tage später --- Auf dem Hof sterben drei Schweine, am gleichen Tag. --- Das sind ungewöhnlich viele.

Dann denunzierst du Kunigunde und schwärzt sie als Hexe an?

--- Ja

Wie geht das vor sich? Was tust du genau?

Ich laufe ins Dorf zum Pfarrer ---, nein, es ist eher ein Gendarm oder ein Amtmann.

Was sagst du ihm?

Die rothaarige Kunigunde hat die Schweine verhext. Drei sind gleich gestorben.

Reicht dieser vage Verdacht aus, um Kunigunde festzunehmen?

Offensichtlich! Sie wird noch am gleichen Tag abgeholt.

Weißt du, was man mit Frauen macht, die man als vermeintliche Hexen festnimmt?

Ja, das wissen die meisten hier. Das spricht sich rum. --- Die Frauen werden tagelang verhört und gefoltert, bis sie gestehen, eine Hexe oder mit dem Teufel im Bund zu sein. --- Dann hat man ja den Beweis für den Verdacht, wenn sie es selbst sagen. --- Im Normalfall landen sie dann kurze Zeit später auf dem Scheiterhaufen.

Wie geht es in dem Fall mit Kunigunde weiter?

Auf dem Marktplatz wird verkündet, dass sie morgen um 12 Uhr auf den Scheiterhaufen kommt.

Wie geht es dir, als du erfährst, dass Kunigunde hingerichtet werden soll?

Es sind gemischte Gefühle. Einerseits bin ich froh, dass ich sie bald los sein werde, --- andererseits verspüre ich ein wenig Scham und Reue.

Versuche zu spüren, ob dir Kunigunde in deinem jetzigen Leben auch begegnet ist.

Ja, das war mir schon ganz zu Beginn klar! Kunigunde ist Fränzchen Eichler! Fränzchen Eichler ist Kunigunde!

Gut! Darüber können wir dann anschließend reden. Mache einen Zeitsprung und schau, wie es in deinem Leben als Magd Elslein weitergeht. Siehst du noch Szenen aus diesem Leben?

Ja

Was siehst du?

Alle wissen, dass ich es war, die Kunigunde angeschwärzt hat. --- Einige sind wütend auf mich, besonders der Bauer.

Was macht der Bauer?

Er jagt mich mit Schimpf und Schande vom Hof.

Was empfindest du, und wohin gehst du dann?

Ich weiß, dass er ja recht hat. --- Ich schäme mich so

sehr. --- Ich packe meine paar Sachen, nehme das Bündel und verlasse den Ort.

Was hast du vor? Was ist dein Plan?

Ich suche Arbeit auf einem anderen Hof.

Findest du einen Hof, wo man dich aufnimmt?

Ja, aber erst nach Wochen. --- Die meisten Bauern brauchen keine Magd mehr. --- Dann finde ich aber einen Hof, wo man mich brauchen kann.

Beschreibe den Hof.

Es ist ein sehr, sehr großer Hof, der größte weit und breit. --- Hier sind mehrere Dutzend Kühe und Schweine und jede Menge Federvieh. --- Viele Felder und Wälder gehören zum Hof dazu. --- Mehrere Knechte und Mägde arbeiten hier.

Wie behandelt der Bauer dich?

Sehr anständig --- Er ist nicht gar so streng und geizig wie der alte. --- Auch die Arbeit ist hier nicht ganz so hart. --- Es gibt genug zu essen.

Magst du den Bauern?

Ja, ich bewundere ihn.

Warum bewunderst du ihn?

Er ist eine starke Persönlichkeit. Alle respektieren ihn. Viele schauen zu ihm auf.

Was ist so besonders an ihm, dass viele zu ihm aufschauen?

Er ist sehr mutig und widersetzt sich häufig der Obrigkeit.

Ist er so eine Art Aufrührer?

Nein, das kann man nicht sagen. --- Aber er vertritt immer und überall seine Meinung.

Welche Meinung vertritt er denn?

Er gehört zu den wenigen Leuten, die nicht in die Kirche gehen. --- Er sagt sogar öffentlich, dass die Pfaffen viel Unsinn erzählen und den Leuten nur Angst machen, damit sie der Kirche viel spenden.

Muss der Bauer nicht befürchten, dass er dadurch Schwierigkeiten mit der Obrigkeit bekommt?

Nein, er nicht! --- Irgendwie haben alle viel zu viel Respekt vor ihm. --- Außerdem hat er drei starke Söhne und einige Knechte, die hinter ihm stehen und ihn notfalls beschützen würden.

Schau, wie es mit dir weitergeht.

Einen der Söhne des Bauern mag ich besonders gern. --- Und er mag mich auch.

Weißt du, wie er heißt?

Ja, er wird von allen Stoffel genannt. --- Er ist sehr gutaussehend und sehr stark.

Wie geht es mit euch beiden weiter?

Wir lieben uns und wollen heiraten.

Heiratet ihr?

Nein, der Bauer ist dagegen. Er sagt, eine Magd sei nicht standesgemäß für den Sohn eines reichen Bauern.

Wie geht es euch mit der Entscheidung des Vaters?

Wir sind unendlich traurig und verzweifelt. --- Stoffel ist zu schwach, um sich dem Willen seines Vaters zu widersetzen.

Seht ihr euch noch hin und wieder?

Ja, wir treffen uns oft heimlich. --- Das darf keiner mitkriegen.

Wie lange geht das noch so?

Ich glaube ein oder zwei Jahre

Was passiert dann?

> Der Bauer hat Stoffel eine Frau vermittelt, die einen Hof im Nachbarort geerbt hat. --- Die beiden heiraten bald. --- Stoffel wird dort Bauer.

Seht ihr euch anschließend noch?

> Nein

Wie geht es mit dir weiter?

> Ich bin so todtraurig. --- Dann werde ich schwer krank, vermutlich vor Herzeleid.

Wirst du wieder gesund?

> *(Ich schnaufe tief und weine.)*

> Nein --- Ich sterbe.

Komme jetzt wieder zurück in dein gegenwärtiges Leben. Bleibe noch ein paar Minuten ruhig liegen, und spüre nach, was deine Seele dir gezeigt hat.

Dass ich in dieser Sitzung noch einmal den Tod Kunigundes anschauen musste, hat mich viel mehr angegriffen als es bei meiner letzten Sitzung der Fall war, als ich meinen Tod in der Gaskammer erneut durchlebte. Es belastete mich schwer, dass ich Schuld am Tod eines Menschen trug. Die Erinnerungen an meine unerfüllte Liebe mit Stoffel hat mich ebenfalls sehr ergriffen und mitgenommen. Ich bedurfte einiger Minuten, bis ich mich gesammelt hatte und wieder ansprechbar war.

Auch an diesem Tag hatte Erika, mit der ich mich in der kurzen Zeit schon ein wenig angefreundet hatte, keinen weiteren Termin, so dass wir noch eine ganze Weile reden konnten. »Wenn in der Rückschau eine Person eine besonders wichtige Rolle spielt, so frage ich den Patienten häufig – meistens erst *nach* der Sitzung –, ob er sich vorstellen

könne, dieser Person – oder besser dieser Individualität –
auch im aktuellen Leben begegnet zu sein. Die meisten
Patienten haben zwar eine Vermutung, aber sie können es
nur sehr selten so klar benennen wie du heute. Wer ist denn
dieser Fränzchen Eichler? In welchem Verhältnis stehst du
heute zu ihm?«

Bevor ich ihre Frage beantwortete, bat ich Erika noch, mir
den Unterschied zwischen »Person« und »Individualität« zu
erläutern.

»Nun, jedes menschliche Wesen – wenn du so willst jede
Seele – ist eine ganz individuelle geistig-seelische Wesen-
heit, eben eine *Individualität*, die durch die vielen Erdenleben schreitet. In jedem Leben verkörpert sie sich als eine
andere *Person* bzw. *Persönlichkeit*. So hast du als die ewige
Individualität, die du bist, in diesem Leben die Persönlichkeit der Johanna Holtkamp angekommen. In deinem letzten
Leben war die Persönlichkeit, in die du dich eingekleidet
hast, der jüdische Junge Daniel. In deinem Leben, von dem
du heute geschildert hast und das vermutlich dein vorletztes
war, bist du in der Person der eifersüchtigen Magd Elslein,
die für Kunigundes Tod verantwortlich war und deren Liebe
zu Stoffel keine Erfüllung finden konnte, aufgetreten. Wir
kennen jetzt also schon *drei Persönlichkeiten*, die deine
ewige Individualität bisher angenommen hat.«

Dann erzählte ich ihr in einiger Ausführlichkeit, wie ich
mich von Anfang an zu Fränzchen hingezogen fühlte, was
ich alles für ihn getan habe, usw. Ich schilderte Erika auch,
dass ich zugegen war, als Fränzchen starb, und dass ich
dabei das eigenartige Gefühl hatte, wie wenn ich schon
einmal seinen Tod miterlebt hatte.

Daraufhin sagte sie: »Der Schleier, der das Geistige ver-
hüllt, wird in unserer Zeit immer durchsichtiger. Es kommt
oft vor, dass Menschen in besonderen Augenblicken ganz
spontan Erinnerungen oder zumindest zarte Ahnungen von
etwas aufblitzen, was sie in früheren Inkarnationen erlebt
haben. Als in dir bei Fränzchens Tod das Gefühl aufstieg,

schon einmal bei seinem Ableben anwesend gewesen zu sein, blitzte die dumpfe Erinnerung an die Szene auf, als er in der Person der Kunigunde verbrannt wurde. An Fränzchen hast du das wieder gutgemacht, was du ihm damals, als er sich als Kunigunde verkörpert hatte, angetan hast. Ihr seid jetzt möglicherweise miteinander im Reinen.«

Das tröstete mich sehr, und ich war glücklich, dass ich mich ein paar Jahre um Fränzchen liebevoll gekümmert hatte.

Dann fragte Erika noch: »Ist dir während der Sitzung noch bei anderen Personen die Vermutung aufgestiegen, dass sie dir im gegenwärtigen Leben begegnet sind?«

Ich musste nicht lange überlegen, weil es mir gleich sonnenklar war: »Also Stoffel, meine unerfüllte Liebe, ist in meinem jetzigen Leben ganz eindeutig mein Mann Gerd. Es ist schon frappierend: Damals haben wir uns schon sehr geliebt. Aber wir durften nicht heiraten. Jetzt sind wir Gott sei Dank zusammengekommen. Und ich kann nur sagen, dass wir sehr, sehr glücklich miteinander sind. Ich weiß noch, als ich Gerd erstmals traf, hatte ich so ein merkwürdiges Gefühl, wie wenn er mir nicht fremd wäre. Dann bei seinem Vater, dem reichen Bauern, bin ich mir ziemlich sicher, dass er mein heutiger ältester Bruder Jens ist, zu dem ich keine sehr enge Bindung habe. Spaßigerweise ist er katholischer Priester. Damals hat er gegen die Kirche gewettert! Bei einem der Brüder Stoffels hatte ich mal kurz das Gefühl, dass es meine Tochter Andrea sein könnte. Aber ich bin mir nicht sicher.«

»Das ist recht ungewöhnlich, dass du gleich mehrere Personen aus diesem früheren Leben so relativ eindeutig identifizieren kannst. Das kommt nicht so oft vor. Das können die meisten Patienten nicht.«

Ich war sehr gespannt, ob meine Seele mir wohl noch zeigen würde, in welcher Beziehung ich mit einigen Menschen aus meinem gegenwärtigen Leben in früheren Inkarnationen stand. Somit vereinbarten wir einen Termin für eine weitere Rückführung.

Wieder daheim angekommen erzählte ich Gerd natürlich von unserem gemeinsamen Leben vor gut 300 Jahren. Auch wenn er immer noch gewisse Zweifel an der Reinkarnation hatte, war nicht zu übersehen, dass ihn meine Schilderungen, die er nicht besonders kommentierte oder hinterfragte, sehr berührten.

Am folgenden Samstag klingelte es nachmittags an unserer Haustür. Zu meiner großen Überraschung war es mein Bruder Jens, den ich gewiss schon über ein Jahr nicht mehr gesehen hatte.

Als ich ihn fragte, was ihn zu uns führt, sagte er: »Ein guter alter Freund ist gestorben. Ich habe heute die Totenmesse für ihn gelesen und ihn anschließend beerdigt. Da das ganz in eurer Nähe war, dachte ich, ich könnte mal wieder meine kleine Schwester besuchen.«

Obwohl unser Verhältnis schon in unserer Kindheit und Jugend kein allzu gutes war, freute ich mich sehr.

Ich bat ihn, Platz zu nehmen und zum Kaffeetrinken zu bleiben, was er gerne annahm.

Während mein Mann und ich dann mit Jens plauderten, fiel sein Blick auf das Buch über die Rückführungen, das Gabi mir geliehen hatte. Er nahm es in die Hand und meinte mit hochgezogenen Augenbrauen zu mir: »Sag bloß, du glaubst an Reinkarnation?«

»Ich halte es zumindest für möglich. Nein, im Grunde glaube ich mittlerweile daran«, entgegnete ich. Gerd sagte zunächst fast nichts. Er war sehr gespannt auf die Reaktion meines Bruders.

Nach einer kurzen Phase des Schweigens sagte Jens: »Wie du weißt, gehört die Seelenwanderung nicht zum Glaubensgut unserer Kirche. Im Katechismus, dem Lehrwerk der katholischen Kirche, wird die Reinkarnation explizit als Irrlehre bezeichnet.«

»Und du glaubst natürlich nur, was die Kirche dir zu glauben vorschreibt«, warf ich etwas vorwurfsvoll ein.

Jens überlegte ein wenig und schien mit sich zu ringen, ob er es uns offenbaren sollte. Dann sprach er: »Natürlich muss ich als Priester das glauben und lehren, was mir von der Kirche vorgegeben wird. Aber das Denken lasse ich mir nicht verbieten! Es gibt einige Dinge, die ich anders sehe, als ich sie aufgrund meines Amtes sehen müsste. Und ihr werdet es nicht glauben, ich habe auch schon oft über die Reinkarnation nachgedacht.«

»Zu welchem Ergebnis bist du gekommen?«, wollte Gerd wissen.

»Zu keinem abschließenden! Es hat auf mich immer einen gewissen Eindruck gemacht, dass fast alle großen Denker und Dichter des 18. und 19. Jahrhunderts – allen voran Lessing, Herder und Jean Paul, aber auch Schiller und Goethe – die Idee der wiederholten Erdenleben vertreten haben. Und das waren ja nicht gerade die dümmsten Köpfe! Aber intensiv befasst habe ich mich nie mit der Reinkarnation.«

»Warum bezeichnet die Kirche die Reinkarnationslehre als falsch?«, fragte ich.

»Nun, für die kirchlichen Lehren ist die Heilige Schrift maßgebend. Und in dieser steht nichts davon.«

»Ist das wirklich so?«, wollte mein Mann wissen.

»Na ja, im Grunde schon. Aber es gibt meines Erachtens ein paar Stellen, die man als Indiz für die wiederholten Erdenleben auffassen *könnte*, so zum Beispiel in der Verklärungsszene, von der Matthäus schildert. Da sagt Jesus Christus, dass Elias als Johannes der Täufer wiedergekommen sei. Das *kann* man schon so interpretieren, dass der Täufer der wiedergeborene Elias war. Aber es könnte auch ganz anders gemeint sein.«

»Hat nicht sogar einer eurer berühmten Kirchenlehrer im 2. oder 3. Jahrhundert – wenn ich mich nicht irre, war es Origines – die Reinkarnation gelehrt?«, warf Gerd ein.

»Ja, es war Origines. Er hat aber nicht *direkt* von der Reinkarnation gesprochen. Allerdings vertrat er die Ansicht, dass es eine Präexistenz der Seele gibt. Diese Lehre wurde ein paar Jahrhunderte später von der Kirche für falsch und ketzerisch erklärt«, antwortete Jens.

Dann fragte ich Jens: »Was lehrt denn die Kirche heute, wo die Seelen herkommen?«

»Im Grunde wird jede Seele bei der elterlichen Zeugung von Gott neu geschaffen«, dozierte Jens.

Mein Mann konnte sich ein verständnisloses Kopfschütteln nicht verkneifen und meinte: »Das wäre doch absurd! Dann könnten ja die Menschen Gott zur Arbeit zwingen. Immer wenn sie ein Kind zeugen, müsste Gott tätig werden. Das ist doch absurd!« »Ja, es ist unerforschlich!«, sagte Jens.

»Wie würdest du reagieren, wenn dich ein Gemeindemitglied nach der Reinkarnation fragen würde?«, wollte ich wissen.

»Das ist schon ein paar Mal vorgekommen, dass allen voran Jugendliche mich danach fragten. Ich habe dann gesagt, dass die Reinkarnation nicht zum Glaubensgut der Kirche gehört und dass die Bibel nicht darüber berichtet. Ich habe aber auch gesagt, dass es ihnen nicht verboten ist, selbst darüber nachzudenken, um so zu einer eigenen Meinung zu gelangen. Dazu hat uns Gott ja den Verstand gegeben. Natürlich wäre mein Bischof nicht erfreut, wenn er von meiner etwas liberalen Einstellung hören würde.«

»Müsstest du dann damit rechnen, deines Amtes enthoben zu werden?«, fragte Gerd.

»Das könnte sich die Kirche bei dem heute herrschenden Priestermangel kaum erlauben. Aber mit einem Rüffel müsste ich vielleicht schon rechnen.«

Gegen Ende des Besuchs erzählte ich Jens von meiner letzten Rückführungssitzung. Ich berichtete ihm, dass ich ihm in meinem vorletzten Leben begegnet sei. Er sei ein reicher, mutiger Bauer gewesen, bei dem ich als Magd arbeitete und der gegen die Kirche, in deren Diensten er heute steht, heftig agitierte.

Jens amüsierte sich köstlich und sagte nur kurz: »Wer's glaubt!«

In der folgenden Woche besuchte ich Gabi. Sie hörte meiner Schilderung von meinen bisherigen Rückführungen mit größtem Interesse zu. Bisher hatte ich ihr ja nur in aller Kürze am Telefon davon erzählt. Mein Schicksal, das ich im Dritten Reich erlitt, berührte sie sehr. Sie war sich ziemlich sicher, dass mein Problem mit den Anfällen gelöst sei, was sie sehr freute.

Als sie die Geschichte von Kunigunde bzw. Fränzchen, die ja ein und dieselbe Individualität sind, hörte, sagte sie: »So funktioniert das Karma!«

Da war er wieder, dieser Begriff, den ich bei Erika erstmals aufschnappte und nicht hinterfragen wollte. Jetzt wollte ich es aber genauer wissen: »Kannst du mir bitte erklären, was man unter Karma versteht?«

»Soll ich es dir wieder so erläutern, wie wenn du zehn Jahre alt wärest?«, fragte Gabi lächelnd. »Nein, versuche es zunächst einmal so zu beschreiben, wie du es einem Erwachsenen gegenüber machen würdest.«

»Gut! Du kennst doch aus der Physik das Gesetz von Ursache und Wirkung.«

»Wie du weißt, war ich in Physik keine Leuchte – zumindest nicht, bevor wir Herrn Cords als Lehrer bekamen. Aber ich erinnere mich dunkel. Trotzdem kannst du es mir ja noch mal kurz erklären.«

»Gut! Also, wenn ich jetzt beispielsweise meine Kaffeetasse fallen lasse, so wird sie aufgrund der Schwerkraft auf den Boden fallen. Die Ursache bestünde also darin, dass ich sie fallen lasse. Die Wirkung wäre, dass sie zu Boden fällt. So wie es in der Physik ein Gesetz von Ursache und Wirkung gibt, so gibt es eine solche Gesetzmäßigkeit auch im Geistigen. Bei diesem großen kosmischen oder geistigen

Gesetz von Ursache und Wirkung spricht man von Karma. Man könnte es auch Schicksal nennen.«

»Also, das mit der Kaffeetasse habe ich verstanden. Aber was sind dann die Wirkungen im Geistigen? Was fällt da zu Boden?«, fragte ich.

»Im Grunde alles, was du in deinem Leben erfährst, alles, was dich ereilt, zum Beispiel, wenn du einen bestimmten Menschen – etwa deinen späteren Ehepartner – triffst, wenn du irgendetwas erlebst – es kann etwas sehr Erfreuliches, aber auch etwas sehr Unangenehmes wie eine Krankheit oder ein Unfall sein –, alles das sind in den wohl meisten Fällen karmische *Wirkungen*. Man glaubt immer, dass einen solche Dinge zufällig ereilen. Aber einen Zufall gibt es nicht. Auch war es kein Zufall, dass wir uns nach all den Jahren in einem Café wiedergefunden haben.«

»Wenn so etwas nicht zufällig geschieht, muss es doch Gründe dafür geben. Was sind das für Gründe?«

»Da sind wir jetzt bei den karmischen *Ursachen*. Und diese liegen in den meisten Fällen in einem deiner früheren Leben. Natürlich bleibt es uns meistens verborgen, welche *genauen* Ursachen aus einer früheren Inkarnation zu einer *bestimmten* Wirkung geführt haben. Eine der Arten, wie das Karmagesetz wirkt, ist dir ja in deiner letzten Rückführung deutlich geworden: Du warst damals dafür verantwortlich, dass Fränzchen als Kunigunde auf dem Scheiterhaufen gelandet ist. Damit hast du eine Ursache in die Welt gesetzt. Du hast ihm etwas ganz Übles zugefügt. Die Wirkung bestand darin, dass er in dein jetziges Leben getreten ist und du ihm begegnet bist. In deinen Seelentiefen hast du natürlich gewusst, mit wem du es zu tun hattest, auch wenn es dir nicht zu Bewusstsein gekommen ist. Du hast unterschwellig gespürt, dass du diese Tat wieder ausgleichen musstest. Das hast du dir vor deiner Geburt, als du noch in der geistigen Welt weiltest, fest vorgenommen. Daher hast du dich so rührend um ihn gekümmert. Damit hast du dein altes Unrecht wieder gutgemacht.«

Ich überlegte eine Weile, bevor ich fortfuhr: »Bedeutet das etwa, dass wir in jedem Leben nur immer unsere alten Verschuldungen ausbaden müssen?«

Jetzt war Gabi so richtig in ihrem Element: »Nein, natürlich nicht! Das ist nur ein Aspekt, nur eine Aufgabe. Wenn wir zu nichts anderem kämen, als unsere Fehler aus früheren Leben auszugleichen, so wäre das mindestens genauso absurd, wie wenn ein Bauer im Sommer und Herbst nichts anderes täte, als das zu ernten, was er im Frühjahr gesät hat. Dieser wird vielmehr noch zahlreiche andere Aufgaben haben. Er wird etwa schon die Saat für das nächste Jahr vorbereiten, seine landwirtschaftlichen Maschinen warten und vieles mehr. So ist es auch insgesamt im Leben eines Menschen. Der Mensch hat jederzeit aus seiner menschlichen Freiheit heraus die Möglichkeit, Handlungen zu begehen oder Erfahrungen zu machen, die karmisch *nicht* notwendig sind, sondern einen ganz neuen Einschlag in seinen ewigen Lebenslauf bringen. Diese neue, karmisch unverursachte, aus freiem Willen entsprungene Tat stellt dann karmisch gesehen eine neue, erste Ursache dar. Diese wird dann in einem weiteren Leben natürlich eine karmische Wirkung nach sich ziehen, die je nach Art der Tat als etwas Positives oder aber etwas Negatives auftreten wird. Wenn jemand Disteln sät, kann er natürlich nicht erwarten, Rosen ernten zu können. Im Erdenleben eines jeden Menschen treten fortwährend Ereignisse und Erlebnisse auf, die nichts mit seinen Verdiensten oder Verschuldungen in einem früheren Leben zu tun haben. Solche Ereignisse und Erlebnisse finden dann in der Zukunft ihren karmischen Ausgleich.«

»Ich bin mir nicht ganz sicher, ob ich das mit der *ersten* Ursache richtig verstanden habe.«

»Gut! Ich versuche, ein Beispiel zu konstruieren. – Lass mich einen Moment überlegen. – Ja genau, also zwei Häuser weiter wohnt eine alte Frau, zu der ich kaum Kontakt habe. Ich weiß aber, dass sie sehr einsam ist. Ich könnte jetzt einfach zu ihr gehen und sie für Morgen zum Kaffeetrinken und Plaudern einladen. Damit würde ich ohne Notwendigkeit etwas tun, was gewiss später – vielleicht schon in diesem, vielleicht aber auch erst im nächsten Leben – eine positive Wirkung nach sich ziehen würde.«

»Ich glaube, dass ich das Prinzip verstanden habe. Aber könnte es sich bei deinem Beispiel nicht auch um eine karmische Wirkung handeln, wenn du sie einlädst? Vielleicht würdest du ja damit etwas gutmachen, was du ihr in einer früheren Inkarnation angetan hast«, warf ich ein.

»Ja, du hast recht. Beides wäre möglich. Das könnte letztlich nur durch einen Hellseher oder durch eine Rückführung aufgedeckt werden. Du siehst, wie komplex das Karmagesetz ist.«

Dann kam ich noch einmal auf das Beispiel mit den Krankheiten zurück: »Du hast doch vorhin gesagt, dass auch Krankheiten karmische Wirkungen seien. Heißt das, dass es sich hierbei ebenfalls um etwas handelt, mit dem wir etwas aus einem früheren Leben gutmachen müssen?«

»Natürlich erleiden wir keine Krankheit, weil wir in einem früheren Dasein einem anderen Menschen übel mitgespielt haben. Trotzdem haben wir die Ursachen dafür, dass uns eine bestimmte Krankheit jetzt ereilt, in früheren Inkarnationen selbst gelegt. Vielleicht waren wir sehr egoistische oder sehr lieblose Menschen, die sich nur um sich selbst bekümmert haben. Es gibt natürlich noch etliche andere Gründe. Das Durchmachen der betreffenden Krankheit ist so etwas wie ein ›Erzieher‹, der uns in der Entwicklung vorwärts bringt. Es ist also nicht etwa der Teufel, der – wie man im Mittelalter glaubte – die Krankheiten bringt. Vielmehr sind es die guten Götter, denen wir sie verdanken. Auch wenn es merkwürdig klingen mag: Wir sollten eine Krankheit dankbar annehmen und mit Geduld ertragen. Auf jeden Fall ist das Karmagesetz nichts, was wir fürchten müssten. Wir sollten vielmehr der geistigen Welt dankbar sein, dass sie uns dadurch die Möglichkeit verschafft, in unserer geistig-seelischen Entwicklung vorwärtsschreiten zu können.

Das Karmagesetz könnte man etwas plakativ als einen großen geistigen Erzieher bezeichnen.«

Kurz bevor wir uns verabschiedeten und ich mich wieder auf den Heimweg begab, fragte ich noch: »Hat eigentlich die Notwendigkeit, dass wir uns verkörpern müssen, einen Anfang und ein Ende?«

»Erinnerst du dich noch an die biblische Schöpfungsgeschichte?«

»Ganz dunkel«, sagte ich.

»Also dort erzählt Moses von dem Sündenfall. Die Schlange verführte Eva von der verbotenen Frucht zu essen. Dann – so heißt es – wurden Adam und Eva aus dem Paradies, das ein mehr geistiger Bezirk war, vertrieben und auf die Erde geworfen. Das symbolisiert die Notwendigkeit, dass der Mensch sich in einem sichtbaren mineralischen Körper inkarnierte. Der Inkarnationskreislauf begann. In ferner Zukunft, wenn es die Erde in der heutigen Form nicht mehr geben wird, endet die Notwendigkeit der irdischen Inkarnationen. Dann werden die Menschen in einem viel geistigeren Zustand sein und keiner weiteren Verkörperungen mehr bedürfen.«

Auf der Heimfahrt dachte ich: »Wie unwissend bin ich eigentlich bisher durchs Leben gegangen!«

In der folgenden Nacht hatte ich einen höchst beeindruckenden Traum. Ich sah mich inmitten einer unfassbar großen Schar von Menschen. Diejenigen, die in meiner Nähe standen, konnte ich erkennen: meinen Mann, meine Kinder, meine Eltern, meine Brüder, Fränzchen, meine Freundin Gabi und meinen früheren Mathelehrer, Herrn Cords. Die meisten standen so weit von mir entfernt, dass ich ihre Gesichter nicht sehen konnte. Mit all diesen Menschen war ich durch so eine Art goldenes Band verknüpft. Manche Bänder waren dünne Fäden, manche dicke Stricke. Auch alle anderen schienen untereinander mit solchen Bändern verbunden zu sein.

4. Sitzung

Erika sagte gleich zu Beginn meiner vierten Sitzung: »Du hattest ja noch den Wunsch, dass deine Seele dir zeigt, in welcher Beziehung du zu manchen Menschen aus dem gegenwärtigen Leben in früheren Inkarnationen gestanden hast. Denkst du jetzt an eine bestimmte Person?«

»Ja, an Herrn Cords, meinen früheren Mathelehrer, der mir sehr geholfen hat und ohne den ich das Abitur wohl nicht geschafft hätte.« Ich erzählte ihr noch kurz, dass ich in Mathematik und den naturwissenschaftlichen Fächern eine recht lausige Schülerin war und auf welche Art Herr Cords mich damals so sehr gefördert hatte.

Dann erfolgte wieder das übliche Atmungsritual.

Gut, gehe zurück durch Raum und Zeit. Gehe in ein früheres Leben, ein Leben, in dem du bereits mit deinem Mathematiklehrer zu tun hattest. Lasse die Bilder dieses früheren Lebens hochkommen und sprich aus, was du wahrnimmst.

(Die ersten Bilder kommen sehr schnell.)

Ich bin in einer kleinen Holzhütte. --- Draußen ist es bitterkalt. --- Ich trage Holz in die Hütte und feuere damit den Ofen.

Bist du ein Mann oder eine Frau?

Ich bin ein Mädchen --- etwa vierzehn Jahre alt.

Wohnst du in der Hütte?

Ja

Wer wohnt noch in der Hütte?

Meine Mutter --- und meine ältere Schwester

Wie geht es euch da? Wie lebt ihr?

Die Hütte ist ziemlich abgeschieden. Sie steht am Waldrand --- nein, im Wald. --- Wir sind sehr, sehr arm. --- Es ist ein äußerst hartes und armseliges Leben.

Was machst du tagsüber? Gehst du in die Schule?

Nein, eine Schule gibt es hier nicht. --- Im Sommer und Herbst bin ich mit meiner Schwester und manchmal auch mit meiner Mutter oft im Wald und sammele Kräuter oder Beeren.

Was machst du jetzt im Winter?

Ich laufe mit meiner Schwester jeden Tag ins Dorf. --- Wir betteln da um Essbares oder um ein paar Kreuzer.

Geben die Leute euch etwas?

Nicht immer, denn da sind so viele Bettler. Außerdem sind die meisten Leute auch arm. --- Der Pfarrer schenkt uns hin und wieder ein Stück Brot, manchmal auch ein paar Äpfel.

Weißt du, wie du heißt?

Ja, Elslein.

(Erst jetzt wurde mir klar, dass ich wieder in mein vorletztes Leben eingetaucht war, in dem ich später Kunigunde als Hexe denunzierte.)

Ist es dasselbe Leben, in dem du als Magd bei einem Bauern gearbeitet und von dem du letztens erzählt hast?

Ja

Wie alt ist deine Schwester und wie heißt sie?

Sie heißt Ottil. --- Unsere Mutter nennt sie meistens Otti. --- Sie ist, glaube ich, sechzehn Jahre alt.

Wie verstehst du dich mit Ottil?

Nicht so gut!

Warum verstehst du dich nicht so gut mit Ottil?

Sie ist etwas faul. --- Ich muss immer sehr viel mehr arbeiten. --- Unserer Mutter sagt sie dann, *sie* hätte die ganze Arbeit gemacht.

Lebt euer Vater noch?

Nein, er ist vor ein paar Jahren gestorben?

Wie ist er gestorben?

Er ist von einem Baum erschlagen worden. --- Er war Holzfäller.

Wie verstehst du dich mit eurer Mutter?

Es geht so! --- Sie ist seit dem Tod unseres Vaters sehr verbittert. --- Und sie ist sehr streng und ungerecht.

Inwiefern ist sie ungerecht?

Wir können ihr nichts recht machen. Insbesondere ich kann ihr nichts recht machen. Obwohl wir so viel für sie tun müssen, schimpft sie häufig. --- Oft bekomme ich Prügel von ihr.

Wie reagierst du dann?

Ich bin traurig und enttäuscht, lasse mir aber nichts anmerken.

Gehe weiter in der Zeit, und schaue, was dann passiert.

Es ist Herbst. --- Ich bin jetzt wohl so zwanzig Jahre alt. --- Ottil und ich sind im Wald Pilze sammeln.

Was geschieht dann?

Ich bleibe an einer Baumwurzel hängen und stürze einen kleinen Abhang hinunter.

Verletzt du dich?

Ja, meine Knie bluten ganz stark. --- Ich kann nicht mehr richtig laufen.

Hilft Ottil dir?

Nein, sie lässt mich liegen und geht heim.

Wie geht es dir damit?

Ich bin unsagbar enttäuscht und flehe sie an, zu bleiben und mir zu helfen. --- Aber sie lässt mich einfach da liegen.

Rappelst du dich wieder auf?

Ja, aber erst am nächsten Tag. --- Ich schleppe mich nach Hause. --- Es tut noch alles fürchterlich weh!

Was geschieht dann zu Hause?

Meine Mutter schimpft, dass ich erst so spät zurückgekommen bin. --- Ottil tut so, als hätte sie von meinem Sturz nichts mitbekommen.

Wer versorgt deine Wunden?

Meine Mutter --- Sie wäscht die Wunden aus und wickelt Tücher drum.

Gehe etwas weiter in der Zeit. Wie geht es mit dir weiter?

Ich will nicht mehr zu Hause bleiben. --- Jetzt will ich nur noch weg!

Wo gehst du hin?

Ich gehe ins Dorf und suche mir eine Arbeit.

Findest du Arbeit?

Zunächst nicht. --- Ich gehe weiter auf Wanderschaft.

Gehe ein Stück weiter in der Zeit, und schaue, wo du Arbeit findest.

Ich bin jetzt in einem fremden Dorf. --- Ich kenne es nicht und weiß nicht, wo es ist. --- Es ist auf jeden Fall ein recht großer Ort --- fast schon eine Stadt.

Wie und wo findest du Arbeit?

Ich gehe auf einen Hof und frage nach dem Bauern.

Triffst du dann den Bauern?

Ja, ich frage ihn, ob er Arbeit für mich hat.

Was sagt er?

Er ist froh, eine weitere Arbeitskraft zu bekommen.

Um welche Arbeit handelt es sich?

Ich muss als Magd in den Ställen und auf den Feldern kräftig anpacken.

Ist es eine schwere Arbeit?

Ja, sehr schwer! --- Es gibt auch nicht viel zu essen. --- Schlafen kann ich im Kuhstall.

Arbeiten bei dem Bauern noch andere Männer und Frauen?

Ja, da sind zwei Knechte und ein paar Mägde.

Verstehst du dich mit ihnen gut?

Mit den meisten schon --- nur mit einer nicht!

(Natürlich ist auch Erika klar, dass es sich bei der Magd, die ich nicht so mag, um Kunigunde handelt, so dass sie die Sitzung schon nach einer guten halben Stunde beendet.)

Löse dich aus der Situation. Löse dich aus diesem früheren Erdenleben. Bleibe noch ein paar Minuten liegen und spüre nach, was du fühlst. Wenn du so weit bist, kannst du wieder die Augen öffnen.

Nachdem ich wieder die Augen geöffnet hatte, meinte Erika: »Es spricht ja einiges dafür, dass Ottil dieselbe Individualität wie dein Mathelehrer aus diesem Leben ist.«
»Ja, da habe ich keinen Zweifel«, sagte ich.

Dann fuhr ich fort: »Meine Freundin Gabi, die mich auch auf die Idee gebracht hat, eine Rückführungstherapie zu ma-

73

chen, befasst sich schon länger mit dem Thema der Reinkarnation. Als ich kürzlich bei ihr war, versuchte sie mir das
Karmagesetz näher zu bringen. Ich denke, dass ich die
wesentliche Idee verstanden habe. Sie sagte beispielsweise,
dass man in einem Leben seine Verschuldungen, die man
einem anderen Menschen in einem früheren Leben gegenüber begangen hat, wieder gutmachen müsse. Und du hast
mir ja letztens auch angedeutet, dass ich dadurch, dass ich
mich im jetzigen Leben so sehr um Fränzchen gekümmert
und ihn bis zum Tod begleitet habe, dasjenige wieder ausge-
glichen habe, was ich ihm in seiner Inkarnation als Kunigunde angetan habe. Heute war es ja umgekehrt. Ottil hat
mich damals ungerecht behandelt und nach meinem Sturz
im Stich gelassen. Ich hätte sogar sterben können. In ihrer
heutigen Inkarnation als mein Mathelehrer hat sie das wohl
wieder gutgemacht, indem dieser mich sehr gefördert hat. Ist
das so richtig? Kann man das so sehen?«

»Ja, durchaus! Diese Notwendigkeit, für einen Ausgleich
zu sorgen bzw. etwas in einem späteren Leben wieder
gutmachen zu müssen, ist auch einer der wesentlichen Gründe dafür, dass wir in jedem Leben im Großen und Ganzen
immer wieder mit den gleichen Individualitäten zusammenkommen. In jedem Leben verschulden wir uns an unseren
Mitmenschen. Es muss nicht unbedingt so etwas Gravierendes sein wie etwa in deinem Fall mit der vermeintlichen
Hexe. Oftmals gehen wir auch dadurch eine Schuld ein, dass
wir einen Mitmenschen nicht genug unterstützen und fördern.«

Dann erzählte ich Erika von meinem Traum, in dem ich so
viele Menschen sah, die mit mir durch ein goldenes Band
verknüpft zu sein schienen.

Erika lächelte und meinte: »Besser, als dein Traum dir das
in symbolischer Form offenbart hat, hätte ich dir das kaum
erklären können. Wir alle sind in der Tat mit fast allen
Menschen, mit denen wir zu tun haben, karmisch verknüpft.
Es ist ein unfassbar dichtes Netz von Schicksalsfäden, das

uns mit ihnen verbindet. Zu den Menschen, deren Gesichter du im Traum erkannt hast und die mit dir durch ein dickes Seil verbunden waren, stehst du in einer besonders engen schicksalhaften Verbindung. Du kannst davon ausgehen, dass du sie schon aus einem oder mehreren früheren Leben kennst. Diese Menschen werden dir auch immer wieder begegnen. Du wirst sie in vielen Erdenleben wiedertreffen.«

Ich hatte noch so viele Fragen, aber Erika bedeutete mir, dass sie in einer halben Stunde noch einen Patienten erwartete und fragte: »Möchtest du noch eine weitere Rückführung machen?«

»Ja, gerne. Eine Sitzung möchte ich noch machen. Ich denke, dann reicht es.«

»Gut, dann sollten wir den nächsten Termin so wählen, dass wir anschließend noch genug Zeit haben zu reden.«

Ein paar Tage später kam mir wieder einmal der Gedanke, dass es sehr schön wäre, Herrn Cords noch einmal zu treffen und mich bei ihm zu bedanken. Ich hatte aber keine Ahnung, wo er wohnte und ob er überhaupt noch lebte. Er müsste ja mittlerweile schon fast siebzig sein.

Ohne mir viel Hoffnung zu machen, suchte ich im Internet nach ihm. Ich gab »Wolfgang Cords« ein und fand tatsächlich ein paar Telefonbucheintragungen mit diesem Namen. Einige schieden gleich aus, weil dort ein anderer Beruf angegeben war. Im Grunde blieb nur noch einer übrig. Dieser Wolfgang Cords lebte in einer Gemeinde im Chiemgau, also nur etwa eine Autostunde von meinem Wohnort entfernt.

Obwohl ich mir nicht sicher sein konnte, dass es sich um den richtigen Wolfgang Cords handelt, machte ich mich am nächsten Tag zu ihm auf den Weg.

Er war gerade dabei, den Rasen zu mähen. Schon von weitem war mir klar, dass es mein ehemaliger Mathelehrer war. Es dürfte wohl kaum zwei ältere Menschen geben, die so hoch aufgeschossen und fast dürr sind und den gleichen Namen tragen.

Ich ging auf ihn zu und begrüßte ihn. Da er mich nicht erkannte, stellte ich mich ihm vor. Dann sagte er freundlich: »Das ist aber schön, dass Sie noch an Ihren alten Lehrer denken. Nehmen Sie doch schon auf der Terrasse Platz. Ich komme gleich.«

Ein paar Minuten später brachte er Kaffee und setzte sich zu mir. Ich nutzte die Gelegenheit, ihm ausführlich für sein damaliges Engagement zu danken. Er konnte sich offensichtlich nicht mehr an mich erinnern und sagte nur: »Ich freue mich, wenn Sie das so sehen. Aber das war doch mein Job.«

Wir machten noch eine Weile Smalltalk. Dann konnte ich nicht anders, als ihm von meiner Rückführung in das Leben, in dem er als meine Schwester Ottil inkarniert war, zu erzählen.

Er hörte sich alles geduldig an und meinte dann: »Das ist ja ganz nett, und ich möchte Ihnen nicht zu nahe treten, aber an die Reinkarnation glaube ich nicht. Mir reicht mein jetziges Leben. Ich brauche kein weiteres. Als Mathematiker glaube ich ohnehin nur an das, was ich messerscharf beweisen kann.«

»Nun ja, das mit dem Beweisen ist so eine Sache. Ich frage mich, was kann man – wenn man einmal von mathematischen Lehrsätzen absieht – wirklich beweisen, so dass keine Zweifel übrigbleiben. Wir können streng genommen nicht einmal beweisen, dass wir geboren sind. Natürlich wissen wir, dass unsere Kinder durch die Geburt ins Dasein gestiegen sind, weil wir dabei waren. Aber selbst wenn Milliarden Menschen auf die übliche Art geboren wurden, muss es bei uns nicht der Fall gewesen sein. Wie Sie besser wissen als ich, ist das Quadrat fast aller ganzen Zahlen größer als die Zahl selbst. Nur die Null und die Eins bilden eine Ausnahme. Vielleicht sind wir ja diese Ausnahmen.

Dass wir uns selbst nicht an unsere Geburt erinnern können, ist nicht zu bestreiten. Unsere Eltern könnten uns belogen haben, als sie sagten, wir seien geboren worden. Die Geburtsurkunde und das Taufzeugnis könnten gefälscht worden sein. Wie könnten wir also beweisen, dass wir geboren wurden?«, führte ich halb im Ernst, halb im Spaß aus.

»Das ist aber ein sehr an den Haaren herbeigezogener Vergleich«, meinte Herr Cords lächelnd.

Im Grunde war ich keineswegs enttäuscht, dass mein ehemaliger Lehrer die Reinkarnationsidee verwarf, zumal das die meisten Zeitgenossen tun. Auch ich war ja erst seit kurzem von der Reinkarnationslehre überzeugt. Auch entwickelte ich nicht den Ehrgeiz, ihm diese Lehre näherzubringen.

Dennoch war es ein schönes Wiedersehen, an das ich noch gern zurückdenke.

An einigen Wochenenden kam unser Sohn Christian zu uns auf Besuch. Normalerweise vermied ich es immer, in seiner Gegenwart von meinen Rückführungen zu erzählen.

Aber einmal ergab es sich so, als mein Mann mit diesem Thema begann. Nun wollte er natürlich Näheres wissen.

Er hörte sich alles mit großem Interesse an, ohne einen Kommentar dazu abzugeben.

Ich hatte aber den Eindruck, dass es stark in ihm arbeitete...

5. Sitzung

Zu meinem vermeintlich letzten Sitzungstermin fand ich mich wieder pünktlich bei Erika ein. Gleich nach der Begrüßung fragte sie: »Gibt es etwas Bestimmtes, was du heute noch auflösen möchtest?« »Nein, mir fällt nichts

Konkretes ein.« »Gut, dann lassen wir uns einmal überraschen, was deine Seele dir heute zeigen möchte.«
Dann erfolgte wieder das übliche Ritual.

Gehe zurück durch Raum und Zeit, hinein in ein früheres Leben, ein Leben, in dem etwas geschehen ist, was für dein heutiges von Bedeutung ist. Schau, was du da siehst und sprich es aus.

Das Kolosseum --- Ich sehe das Amphitheatrum. --- Es ist unzerstört.

(Ich war irritiert, dass dieses monumentale Bauwerk, das ich aus meinem gegenwärtigen Leben nur als Ruine kannte, in voller Pracht und Größe dastand.)

Schau, wo du da bist, wer du da bist und was du da machst.

Ich stehe am Rand, in einer Ecke und schaue zu.

Bei was schaust du zu?

Bei den Tierkämpfen

Was sind das für Tiere?

Vorwiegend Löwen, aber auch Tiger und Panther, manchmal auch Rinder oder Antilopen

Mit wem kämpfen die?

Gegeneinander

Warum lässt man die Tiere gegeneinander kämpfen?

Um die Leute zu unterhalten

Schauen da viele Leute zu?

Ja, da sind Tausende --- so wie in einem großen Fußballstadion heute.

Wie reagieren die Leute?

Sie scheinen es zu mögen. --- Die grölen rum.

Lasse deutlich werden, wo du genau stehst.

--- Am Rande der großen Arena --- im Kolosseum --- an der Schleuse, durch welche die Tiere rein- und rausgetrieben werden

Wer bist du da? Wie heißt du und was ist deine Aufgabe?

Ich bin ein junger Mann, so um die dreißig. --- Man nennt mich Livius. --- Ich muss mit einigen anderen Männern die Tiere aus den Käfigen durch die Schleuse in die Arena und nachher wieder in die Käfige treiben.

Machst du das gerne?

Es ist in Ordnung.

Wie gehen diese Kämpfe aus?

Einige Tiere werden von anderen getötet. --- Viele werden schwer verletzt. --- Die meisten überleben. Die muss ich dann wieder in die Käfige treiben.

Was geschieht mit den schwer verletzten Tieren?

Die werden mit Pfeil und Bogen erschossen.

Wer übernimmt diese Aufgabe?

Da sind so ein paar dunkelhäutige Männer. --- Es heißt, die sind aus Afrika. --- Die machen das. --- Manchmal müssen auch wir das machen.

Und was geschieht mit den getöteten Tieren?

Die werden anschließend den anderen in den Käfigen zum Fraß vorgeworfen.

Musst du das auch machen?

Ja

Wirst du oft von den Tieren verletzt?

Ja, ich habe viele Narben am Körper und an den Armen.

Warum werden diese grausamen Tierkämpfe veranstaltet?

Es heißt, man wolle das Volk unterhalten und bei Laune halten. --- Sonst würden sie vielleicht aufbegehren.

Fühlst du dich auch unterhalten, wenn du die Kämpfe am Rande mitbekommst?

Es ist schon interessant und spannend. --- Aber es ist für mich mittlerweile nichts Besonderes mehr. --- Manchmal tun mir die Tiere auch leid. --- Ja, sie tun mir leid.

Werden auch manchmal Menschen in die Arena geworfen?

Ja --- Verbrecher --- oder Gegner des Römischen Reichs

Kommen die dann wieder lebend raus?

Nur sehr selten

Würdest du lieber eine andere Arbeit haben?

Ich glaube nicht. --- Mir geht es ganz gut.

Lebst du allein oder hast du eine Frau?

Ich habe eine Frau --- und drei Kinder, zwei Söhne und eine Tochter.

Wie heißt deine Frau?

--- Ich bin mir nicht ganz sicher.

Wie nennst du sie?

Ich nenne sie Quinta. --- Ja, richtig --- sie heißt Quinta, weil sie die fünfte Tochter ihrer Eltern war.

Verstehst du dich mit Quinta?

Es geht so. --- Doch, wir verstehen uns ganz gut. --- Es passt.

Magst du deine Kinder?

Ja, schon --- besonders meine Tochter

Wie heißt deine Tochter?

Gaia

Warum magst du Gaia besonders?

Ich weiß es nicht so genau. --- Ich mag sie einfach mehr

als meine Söhne. --- Ich kümmere mich sehr um sie.

Den genauen Grund, warum du sie bevorzugst, kennst du nicht?

(Ich sage geraume Zeit nichts.)

Ich sehe jetzt plötzlich ganz anders aus.

Was meinst du damit?

Ich bin viel älter und ganz anders gekleidet.

Was tust du jetzt?

Ich sitze inmitten einer Gruppe von Männern und unterhalte mich mit ihnen. --- Nein, ich unterweise sie.

In was unterweist du sie?

In Sternenkunde

(Erika und mir wird sofort klar, dass ich jetzt in einem anderen, noch früheren Leben bin.)

Bist du so eine Art Lehrer?

Ja, so in der Art, ein Lehrer oder Meister --- Die Leute bewundern mich und hören auf mich.

Hast du zu einem der Männer ein besonderes Verhältnis?

--- Ja, da ist ein junger Mann, er ist fast noch ein Knabe.

Was ist mit ihm?

Der ist sehr klug. --- Der weiß gemessen an seinem Alter sehr viel.

Hast du da ein Problem mit?

--- Ja, ich fürchte, dass der mir den Rang ablaufen könnte.

Was tust du, um das zu verhindern?

Ich kritisiere alles, was er sagt.

Wie reagieren die anderen?

Die glauben eher mir.

Wie geht es mit dir und dem jungen Emporkömmling weiter?

--- Ich stoße ihn aus der Gruppe aus.

Wie reagiert er darauf?

Er kann es nicht verstehen und ist maßlos enttäuscht.

Verlässt er die Gruppe?

Ja, hier habe ich das Sagen.

Triffst du den jungen Mann später noch einmal wieder?

Ja, sehr viel später!

Lasse deutlich werden, wann du ihn wiedertriffst.

Viel später --- als meine Tochter Gaia!

Gehe jetzt wieder in das Leben im alten Rom, in dem du Gaias Vater warst. Wie geht es da weiter mit dir?

Das Leben verläuft in ruhigen Bahnen. --- Es passiert nichts Besonderes. --- --- --- Ich bekomme keine Bilder mehr.

Gut, dann löse dich aus diesen beiden Leben, spüre noch einmal nach und bleibe noch ein wenig liegen.

Erika begann: »Dass du heute aus *zwei* verschiedenen Leben erzählt hast, war ja offensichtlich. Das eine fand im antiken Rom statt, das davor möglicherweise im alten Ägypten. Zumindest spricht dafür, dass du mit der Sternenkunde zu tun hattest. Es ist sehr ungewöhnlich, dass ein Patient in einer Sitzung von einem früheren Leben in ein anderes springt, insbesondere dann, wenn ich ihn nicht dazu auffordere. Bei dir war das vermutlich so: Du hattest ja nach der letzten Sitzung gesagt, dass du nur noch einen Termin wünschst. Somit wollte deine Seele dir noch möglichst viel offenbaren, was für dich wichtig ist. Ebenfalls offensichtlich ist, dass der junge Mann, den du als Konkurrenten befürchtet hast, im späteren Leben in Rom deine Tochter Gaia war.«

»Ja, das ist sonnenklar! Da habe ich nicht den allergeringsten Zweifel«, sagte ich.

»Auch da wurde das übliche Muster wieder deutlich: Im alten Ägypten hast du diese Individualität ungerecht behandelt, dann, als sie sich als deine Tochter Gaia inkarnierte, hast du das in gewisser Weise wieder gutgemacht, indem du dich ganz besonders um sie gekümmert hast«, führte Erika aus.

Dann wurde mir sofort klar, warum mich in meiner Jugend die Fotos des alten Kolosseums bzw. Amphitheaters immer so fasziniert hatten und warum mich der Anblick, als ich es später mit meinem Mann besuchte, so eigenartig berührte. Als ich Erika davon erzählte, sagte sie:»Ja, so etwas kommt häufig vor. Man kommt an einen Ort oder man sieht ein historisches Gebäude und bekommt das Gefühl, schon einmal dort gewesen zu sein. Man spricht hier von Déjà-vu-Erlebnissen. Oftmals blitzen in solchen Fällen wirklich Erinnerungen an frühere Leben auf, in denen man dort zu Hause war. Das kenne ich auch. Du hast sicher schon einmal von Stonehenge gehört. Als ich vor vielen Jahren dieses uralte monumentale Bauwerk aufgesucht hatte, kam mir auch der Gedanke, es zu kennen. Sehr viel später wurde mir in einer Rückführung offenbart, dass ich vor 4.000 Jahren in dieser Gegend inkarniert war.«

Dann fragte sie:»Glaubst du, dass dir in diesen beiden Leben eine Persönlichkeit begegnet ist, die du auch im gegenwärtigen Leben getroffen hast, mit der du auch heute zu tun hast?«

»Ich bin mir nicht sicher, aber bei meiner Frau Quinta hatte ich mal das Gefühl, dass irgendetwas an ihr mich an meinen Vater erinnert. Aber das ist nur eine vage Spekulation. Was mir aber recht deutlich wurde, ist, dass Gaia in diesem Leben meine Mutter war.«

»Wie ist dein Verhältnis zu deiner Mutter?«

»Gut! Sie war früher zwar ein wenig streng, aber das Verhältnis war sehr gut! Wir haben uns geliebt. Sie ist – genau wie mein Vater – schon recht früh gestorben. Ich war noch keine dreißig Jahre alt.«

Dann meinte Erika: »Also, eine halbe Stunde habe ich noch Zeit. Vielleicht hast du ja noch irgendwelche Fragen.«

»Es ist schon merkwürdig«, sagte ich, »je mehr Fragen über Reinkarnation und Karma ich von dir oder auch von meiner Freundin beantwortet bekomme und auch zu verstehen glaube, desto mehr weitere Fragen tun sich auf.«

»Das ist ganz normal! Es ist ja auch ein unfassbar komplexes Thema. Glaube nicht, dass ich *alles* wüsste! Aber stelle deine Fragen. Ich werde versuchen, sie zu beantworten.«

Ich legte los: »Es ist ja wohl so, dass wir mit bestimmten Menschen im Leben zusammenkommen müssen, damit es zu einem karmischen Ausgleich kommen kann. Sehe ich das richtig?«

»Ja, das ist aber nur ein Grund dafür, dass du bestimmten Menschen wiederbegegnest. Es hat *nicht immer* mit früheren Verschuldungen zu tun, die jetzt wieder gutgemacht werden müssen.«

»Welche anderen Gründe gibt es?«

»Ich habe dir ja schon einmal gesagt, dass man in der geistigen Welt, bevor man in ein neues irdisches Dasein schreitet, unter Anleitung hoher Engelwesen und im Verein mit anderen Seelen aus seinem Schicksalskreis gewissermaßen so eine Art Plan oder Skizze für das neue Erdenleben entwirft. Hierbei geht es nicht nur um den karmisch notwendigen Ausgleich. Vielmehr finden sich hier auch Seelen zusammen, die im nächsten Erdenleben etwas Gemeinsames leisten wollen, etwa die Gründung einer spirituellen oder humanitären Gruppierung. Auch verabreden sich hier gewissermaßen die beiden Seelen, die im folgenden Erdenleben eine Ehe miteinander schließen wollen. Das alte deutsche Sprichwort ›Ehen werden im Himmel geschlossen, aber auf Erden gelebt‹ enthält mehr als nur einen wahren Kern. In der geistigen Welt haben die Seelen eine Weisheit, die für einen Erdenmenschen schier unfassbar ist.«

»Gut, so weit verstehe ich das. Aber nun stellt sich doch die entscheidende Frage: Wie findet man dann im Leben diese Menschen, mit denen man sich verabredet hat? Wir können uns doch an das, was vor der Geburt geschehen ist, nicht erinnern.«

»Das ist in der Tat eine berechtigte Frage! Die derzeitigen menschlichen Seelenkräfte sind noch nicht stark genug, um diese Erinnerungen abrufen zu können. Den ›roten Faden‹, der unsere Erfahrungen und Erinnerungen aus früheren Verkörperungen sowie dem, was wir zwischen zwei Inkarnationen in der Geisteswelt gemacht und geplant haben, zusammenhält und zu einem sinnvollen Ganzen verbindet, vermögen wir heute noch nicht zu spinnen. Es wäre ja jetzt ein Desaster, wenn niemand diesen Faden zu spinnen vermöchte. Da haben aber die Weltenlenker Vorsorge getroffen. Hier kommt nun die vielleicht wichtigste Aufgabe, welche die Engel für die Menschen übernehmen, in Betracht. Jeder menschlichen Individualität ist – wie ich schon einmal angedeutet habe – ein Wesen aus dem Reich der Engel zugeteilt. Jedem Menschen ist sein ganz persönlicher Engel zur Seite gestellt, dessen Mission es ist, diese menschliche Individualität zu leiten und zu führen. Es ist dieser führende Engel, der diesen Faden spinnt und somit den Zusammenhang der einzelnen Inkarnationen festhält. Die Engel bewirken das rechte Verhältnis der Leben zwischen Tod und neuer Geburt und der einzelnen Erdenleben. Die Engel haben ein Bewusstsein, das die gesamte Existenz des ihnen anvertrauten Menschen umspannt, so dass sie ein ›wachendes Auge‹ über ihn haben und ihn von Inkarnation zu Inkarnation führen und leiten können. Dieser Engel ist es auch in vielen Fällen, der uns mit den Menschen zusammenbringt, mit denen wir zusammenkommen müssen.«

»Wie macht der Engel das denn? Man bemerkt es ja gar nicht.«

»Ein Engel würde es als ein schweres Sakrileg auffassen, in unseren heiligen freien Willen einzugreifen. Deshalb zwingt er uns zu nichts. Er stellt es uns sogar frei, ob wir an ihn glauben oder nicht. Es ist ja häufig so, dass wir unsere Ehepartner oder auch unsere Freunde auf scheinbar sehr merkwürdigen und geradezu verworrenen Wegen kennengelernt haben. In vielen Fällen war es wirklich unser Engel, der uns mit diesem Menschen zusammengeführt hat. Da wir das nicht bemerken, neigen wir natürlich zu der Auffassung, dass es sich entweder um unsere eigene Entscheidung oder aber um eine ›Verkettung von Zufällen‹ gehandelt hätte, wenn wir etwa unseren Ehepartner oder besten Freund auf ›wundersame Weise‹ kennengelernt haben oder wenn wir uns doch dazu entschlossen haben, eine bestimmte Arbeitsstelle anzunehmen, obwohl wir eigentlich mit einer ganz anderen geliebäugelt haben. Zufälle gibt es aber nicht! Wenn irgendetwas geschieht, für das es keine Ursache zu geben *scheint*, etwas, das man sich nicht erklären kann, ist man geneigt, von einem »Zufall« zu sprechen. Es geschieht allerdings niemals etwas, für das es keine Ursache gibt. Nur sind diese in den höheren Welten, im Wirken geistiger Wesen zu finden. Unser Engel führt uns auf eine sehr zarte und subtile Weise, so dass wir es meistens gar nicht bemerken. Oftmals verspüren wir doch so etwas wie einen Impuls, wie eine Eingebung, etwas Bestimmtes zu tun oder zu unterlassen. Manchmal haben wir auch merkwürdige Träume, die einen visionären Charakter aufweisen. Das ist die Art, wie der Engel uns führt.«

»Ist es dann wirklich meinem Engel zu danken, dass ich etwa meinen Mann getroffen oder meiner Freundin nach langer Zeit scheinbar zufällig wieder begegnet bin?«

»Das kann durchaus so sein. Es ist aber auch den Seelen der Verstorbenen, die zu unserem Schicksalskreis gehören, möglich, uns auf diese Weise zu führen. Es gibt noch eine dritte Möglichkeit: So sind es beispielsweise auch unsere Neigungen, die wir als eine karmische Wirkung mit ins Leben gebracht haben, durch welche die Gelegenheiten herbeigerufen werden, die unser Schicksal bilden können. Das kann einem durchaus plausibel erscheinen, wenn man bedenkt, wie stark es doch von unseren Neigungen oder Interessen abhängig ist, mit welchen Menschen wir verkehren, wie wir mit ihnen umgehen, welche Orte oder Veranstaltungen wir aufsuchen usw. Jeder Mensch bringt einen unbewussten Drang mit ins Erdenleben, sein Karma ausleben zu können.«

Kurz vor dem Verabschieden sagte ich: »Es ist ja höchst beeindruckend, dass ich in den Rückführungen so vielen Menschen begegnet bin, die im gegenwärtigen Leben eine große Rolle für mich spielen. Mich verwundert nur ein wenig, dass ich nie meine Freundin Gabi, die mich erst auf die Reinkarnation und die Rückführungstherapie aufmerksam gemacht hat, getroffen habe.«

»Möglicherweise gibt es in eurem Leben nichts, was ihr noch auflösen müsst, so dass deine Seele es nicht für nötig hielt, dich in ein gemeinsames Leben mit ihr zu führen«, gab Erika zur Antwort, um dann nach einer kurzen Pause fortzufahren: »Aber wenn du es möchtest, könnten wir einmal ein Experiment machen.«

»Was meinst du damit?«

»Nun, ich könnte versuchen, euch *beide gemeinsam* in ein früheres Leben zu führen, in dem ihr schon miteinander zu tun hattet.«

»So etwas wäre möglich?«

»Ja, grundsätzlich schon. Aber es ist nicht ganz so leicht. Allerdings habe ich schon einige gute Erfahrungen damit gemacht.«

Obwohl ich eigentlich davon ausgegangen bin, dass dieser Termin der letzte werden sollte, war ich von dem Vorschlag derart angetan, dass ich sagte: »Ja, das können wir machen. Ich bin mir sicher, dass Gabi zum nächsten Termin mitkommen wird.«

Noch am gleichen Abend meldete ich mich telefonisch bei meiner Freundin und teilte ihr diese Idee mit. Sie war sofort einverstanden und sagte zu.

In den folgenden Tagen hatte ich wieder jede Menge ›Stoff‹ zum Nachdenken.

6. Sitzung

Erika begrüßte uns sehr herzlich und stellte sich Gabi etwas näher vor. Dann fragte sie meine Freundin, ob sie schon Erfahrungen mit Rückführungen habe. Gabi sagte: »Ich habe schon viel darüber gelesen. Johanna hat mir auch genau berichtet, wie das Ganze hier bei Ihnen abläuft.«
     Dann forderte Erika uns auf, uns auf die Couch, die breit genug für zwei Personen war, zu legen und führte uns durch das Atmungsritual.

Geht zurück durch Raum und Zeit, hin zu einem konkreten früheren Leben, wo ihr schon mal etwas miteinander zu tun hattet. Schaut, was da auftaucht, wer ihr da seid. Der, der zuerst ein Bild sieht, spricht es aus, wo er ist und wer er ist und in welcher Weise er den anderen wahrnimmt!

     Gabi: Ich sehe so etwas wie einen Aufstand vor mir.

Einen Aufstand?

     Gabi: Ja

Kannst du es deutlicher werden lassen? Ist es eine Stadt oder eine Landschaft, wo du da bist?

     Gabi: Also die Leute kommen vom Land. --- Das ist
          so ein Bauernaufstand, eine Bauernrevolte.

Wo bist du? Schaust du irgendwo zu oder bist du bei den Menschen dabei?

Gabi: Ich bin da mittendrin.

Nimmst du die Johanna irgendwo wahr?

Gabi: Ich weiß, dass *er* dabei ist, aber ich kann ihn nicht sehen.

Johanna, kannst du dich einfinden auf der Ebene? Wo bist du?

ich: Also ich habe noch keine Bilder und versuche jetzt, dieses Bild zu kriegen. --- Ich sehe zwar auch so eine Menschenversammlung, aber die sehen nicht aus wie Bauern. --- Zumindest die, die ganz vorne stehen, sehen nicht wie Bauern aus.

Wie sehen die aus?

ich: Die sind eigentlich eher ein bisschen zu fein gekleidet, als dass es Bauern sein könnten. --- Die tragen Pumphosen und so komische Hüte auf dem Kopf. --- Einige haben Federn am Hut.

Sind es Franzosen?

ich: Ja, wahrscheinlich

Ist es dir möglich, dich auf der Ebene der Bauernrevolte einzufinden, oder sind es für dich eher Franzosen?

ich: Also die Menge im Hintergrund, das könnten Bauern sein. --- Ja, es sind Bauern. --- Es sind alles Franzosen. Aber im Vordergrund, der Anführer, sieht anders aus. Der ist ganz anders gekleidet als die Bauern.

Nimmst du das auch so wahr, Gabi?

Gabi: Ich kann den vorderen Teil nicht sehen. Ich weiß, dass das Ganze zielgerichtet auf ein bestimmtes Haus oder so ist. --- Aber ich sehe immer nur die Menge.

ich: Bei mir ist es genau umgekehrt. Ich sehe die Menge ziemlich diffus und den Führer und diejenigen, die in seiner Nähe stehen, ziemlich deutlich. Was würdest du schätzen, wie viele Leute das sind?

Gabi: ungefähr 500

ich: Ja, auf jeden Fall Hunderte

Dann gehe jeder hinein in seinen Körper, den er dort hat, fülle ihn aus mit Bewusstsein und spüre ihn dann! Johanna, wo bist du da? Was hast du da für einen Körper? Fühlst du dich als Mann oder als Frau?

ich: Ich bin mir nicht sicher, aber irgendwie fühle ich eine bestimmte Affinität zu dem Führer da. --- Es könnte sein, dass ich das bin. --- Ja, ich bin der Anführer.

Gehe hinein in den Körper des Führers! Spüre ihn und nimm ihn wahr! Bist du auf dem Pferd oder zu Fuß?

ich: Ich bin mit meinem Pferd da.

Welche Stimmung ist gerade in dir?

ich: Auf jeden Fall warte ich auf irgendetwas. --- Auf einen günstigen Zeitpunkt, möglicherweise zum Angriff oder was weiß ich

Bist du eher angespannt oder gelassen?

ich: Gelassen --- sehr gelassen!

Wie erlebst du die Menschenmenge? Sind die auch gelassen?

ich: Nein, die sind nicht so gelassen. --- Die scheinen gespannt darauf zu warten, dass ich etwas unternehme. --- Ich glaube, die warten auf ein Kommando von mir.

Gabi, gehe hinein in deinen Körper und spüre ihn! Bist du ein Mann oder eine Frau?

> Gabi: Ich bin eine Frau.

Wie alt bist du ungefähr, noch jung, mittelalt oder schon alt?

> Gabi: Noch ziemlich jung --- etwa Mitte zwanzig

Stehst du am Rand der Menge oder bist du mittendrin?

> Gabi: Ziemlich weit hinten, aber in der Menge

Wie ist deine Stimmung? Was fühlst du?

> Gabi: Es ist so eine Mischung aus Angst und Zorn.

Kannst du deutlich werden lassen, um was es da geht?

> Gabi: Es geht irgendwie um die Unterdrückung der Bauern und überhaupt aller Menschen, die auf dem Land wohnen.

Kennst du den Anführer da vorne oder weißt du etwas von ihm?

> Gabi: Ja

Kennst du ihn näher oder siehst du ihn heute zum ersten Mal?

> Gabi: Direkt persönlich kenne ich ihn nicht, aber ich habe ihn schon mehrmals gesehen bei so Versammlungen, wenn er da als Redner auftrat.

Was ist das für einer? Wie siehst du ihn? Bist du mit ihm einverstanden, so als Führer?

> Gabi: Ja

Was zeichnet ihn aus? Welche Qualitäten hat er?

> Gabi: Also er ist eigentlich selber gar nicht so betroffen von den Problemen der Leute. Er setzt sich trotzdem für uns ein. Er hat Gerechtigkeitssinn und kann gut reden. --- Er ist aber auch nicht

so radikal. Er warnt vor Gewalt und möchte eigentlich mit Reden und Verhandeln mehr erreichen als mit Kämpfen. Wenn es nicht anders geht, ist er aber auch dazu bereit, aber...

Bist du mit seiner Einstellung einverstanden?

Gabi: Ja, ich finde das schon in Ordnung so. --- Aber es gibt viele, die damit nicht einverstanden sind. Die sagen, dass das sowieso nichts bringt und dass nur Kämpfen etwas bringt.

Geht beide ein Stück voran in der Zeit und schaut, ob es eine Situation gibt, in der ihr euch näher kommt, in der ihr euch begegnet, und schaut, wie es dann weitergeht!

ich: Eins vielleicht noch: Ich bin zwar so eine Art Führer, aber ich gehöre irgendwie nicht zu denen. Ich habe eigentlich nichts mit denen zu tun, aber trotzdem sieht es so aus, als wenn ich mich irgendwie für die einsetze.

Was ist dir daran wichtig? Warum tust du das?

ich: Ich weiß nicht. --- Irgendwie bin ich total von mir überzeugt und will da ein bisschen auch so meine Stärke und Macht beweisen.

Welche Fähigkeiten hast du? Was unterscheidet dich von den anderen?

ich: Ich habe einen ziemlich scharfen Verstand, eine scharfe Zunge und ich bin sehr mutig. Ich bin unheimlich von mir überzeugt, fast schon selbstherrlich. --- Selbstherrlich ist übertrieben, aber ich bin unheimlich selbstsicher, irgendwie mag ich keine Gelegenheit verstreichen lassen, um meine Macht zu beweisen, zumindest wenn es irgendeiner halbwegs guten Sache dient.

Was ist das für eine gute Sache, für die du dich da einsetzt?

ich: Es geht darum, dass dieses Bauernvolk unterdrückt wird und keine Rechte hat und unter sehr schlechten Lebensbedingungen leidet.

Wie geht die Situation da weiter? Kommt es zum Angriff? Was fühlst du?

ich: Ich bin mir immer noch nicht sicher, ob es da wirklich um Angriff geht. Es geht auf jeden Fall irgendwie um eine Konfrontation. Aber ich sehe nicht genau mit wem. --- Aber es sieht mir irgendwie nicht nach kriegerischer Konfrontation aus.

Dann geht ein Stück weiter in der Zeit! Geht hin zum Höhepunkt der Situation! Was taucht auf? Was geschieht? Wie erlebst du das, Gabi?

Gabi: Mir kommt es so vor, als ob es da mittlerweile um eine Art Belagerung geht.

Vor diesem besagten Haus?

Gabi: Ja, das ist in einer Stadt.

Wird da die ganze Stadt belagert?

Gabi: Nein, das ist vorwiegend vor einem bestimmten Haus. Ich glaube, da ist so ein Statthalter oder so etwas drin. --- Auf jeden Fall sitzt da ein Mann, der das Sagen hat.

Siehst du das auch so, Johanna?

ich: Ja, da residiert ein Herrscher.

Gabi: Ja, da residiert auf jeden Fall derjenige, der es in der Hand hätte, der die Macht hätte, die Verhältnisse und Lebensbedingungen der Bauern zu verbessern.

ich: Das Haus sieht aus wie eine kleine Burg.

Gabi: Ja, genau

Geht hin zu der Situation, wo ihr beide euch näher kommt!

ich: Das kann ich noch nicht ausmachen. --- Aber ich sehe jetzt, dass dieser Herrscher ein Stück auf mich zukommt. --- Er sieht eigentlich eher aus wie ein König in langem weißen Gewand mit einem roten Umhang und so einer Art Krone auf dem Kopf. --- Der lässt mir jetzt von einem seiner Wachen so ein Dossier, so eine Papierrolle aushändigen. Ich glaube, dass er in diesem Papier schriftlich irgendwelche rechtlichen Zugeständnisse an die Bauern macht.

Wie kommt er auf dich zu? Wie nimmst du ihn wahr?

ich: Er wirkt fast ein bisschen ängstlich. --- Man könnte meinen, ich wäre der Machthaber, und nicht er.

Von wo beobachtest du das, Gabi? Kriegst du das mit, dass der Herrscher da kommt?

Gabi: Ich kann es nicht sehen, weil ich so weit hinten stehe. --- Aber die Nachricht wird von vorne nach hinten durchgegeben. --- Ich bekomme es also letztlich doch mit.

Würdest du gerne nach vorne gehen, oder bleibst du lieber hinten?

Gabi: Ich würde gerne nach vorne gehen, aber da ist kein Durchkommen mehr. --- Aber alles wird nach hinten weitergegeben, was da vorne passiert.

Welche Nachricht kommt bei dir an?

Gabi: Dass der Statthalter oder König rauskommt und mit dem Anführer verhandelt --- Auf jeden Fall schwingt da etwas Positives mit, so dass bei uns eigentlich ziemliche Freude ausbricht.

Johanna, was machst du jetzt mit der Rolle in der Situation? Wie geht es da weiter?

> ich: Ich mache die Rolle auf und schaue, was da draufsteht.

Was steht drauf? Liest du sie vor?

> ich: Es sind auf jeden Fall drei so dicke Punkte drauf, die auch optisch markiert sind, mit so einer Art Siegellack. --- Und hinter jedem der Punkte steht da so ein Zugeständnis. Es geht im Wesentlichen darum, dass die Bauern in Zukunft weniger Abgaben in Form von Naturalien an den König leisten müssen.

Was noch?

> ich: Dass er nicht mehr willkürlich irgendwelche Bauern für persönliche Dienste verpflichten kann und dass seine Vasallen, seine Ritter ihre Finger von den Bauersfrauen lassen --- Ich bin zufrieden und mache die Rolle wieder zu und stecke sie ein.

Sagst du etwas zum König?

> ich: Nein

Sagst du etwas zum Volk?

> ich: Ich drehe mich zu den Leuten um und halte die Rolle nach oben, so nach dem Motto: »Das war's, war wir wollten oder was ihr wolltet!«

Sagst du denen, was da drin steht oder genügt ihnen deine Geste?

> ich: Das genügt denen. Ich bin ja eigentlich kein Anführer in dem Sinne, eher ein Schlichter. Ich habe mit den Bauern direkt nichts zu tun. Ich bin wie so eine Art überparteilicher Schlichter. Auf jeden Fall scheinen mich da alle ziemlich zu respektieren, um nicht zu

sagen zu fürchten, sogar der König.

Welche Seiten an dir fürchten sie?

ich: Die Leute glauben, dass ich übernatürliche oder magische Kräfte habe.

Ist das ein Gerücht oder hast du diese Kräfte?

ich: Also magische Kräfte habe ich nicht. --- Nein, auf keinen Fall! Ich bin – wie gesagt – psychisch unheimlich stark und stabil und selbstsicher, total von mir überzeugt und mutig. --- Vielleicht geht ja das ein bisschen in Richtung magische Kräfte: Ich kann ohne größere Anstrengung anderen so ein bisschen meinen Willen aufdrängen.

Wie tust du das, mit Worten?

ich: Manchmal nur mit Blicken, meistens aber mit Worten --- Ich kann sehr gut und überzeugend reden.

Gabi, ist die Botschaft des Königs bei dir angekommen und was löst sie bei dir aus?

Gabi: Freude und Erleichterung, dass es nicht zum Kampf gekommen ist

Was hältst du von dem Mann, dem Anführer, da vorne?

Gabi: Ich bewundere ihn ziemlich. Er wirkt zwar fast ein bisschen unheimlich, aber Angst ist nicht dabei, eigentlich in erster Linie Bewunderung.

Wie ist dein Leben so, Gabi, wenn du nicht auf dem Platz bist? Wie lebst du da? Lebst du alleine?

Gabi: Nein, ich bin bei einer Bauernfamilie so als Magd, als Mädchen für alles. Ich kümmere mich um den Haushalt, den Hof und die Kinder des Bauern.

Bist du mit deinem Leben, das du führst, zufrieden?

Gabi: Im Großen und Ganzen schon --- Die Arbeit ist nicht ganz einfach, aber der Bauer verhält sich mir gegenüber immer gerecht und anständig.

Bist du allein oder gibt es einen Mann oder jemanden, der dir nahesteht?

Gabi: Nein, ich habe zwar zu den meisten Leuten ein recht gutes Verhältnis, auch zu der Familie, bei der ich bin, aber ansonsten bin ich doch eher alleine.

Wie lebst du, Johanna, wenn du nicht gerade schlichtest?

ich: Ich lebe alleine. --- Ich ziehe ziemlich viel herum, schlafe oft im Freien oder im Zelt, aber immer in der Gegend hier.

Wovon lebst du?

ich: Ich ziehe immer durch die Gegend, von Ansiedlung zu Ansiedlung, von Bauernhof zu Bauernhof und berate die Leute.

Bei was berätst du die Leute?

ich: Bei allem Möglichen --- Ich bin so eine Art allgemeiner Lebensberater. Ich weiß meistens Rat – auch wenn es um Viehkauf oder Viehhaltung geht. --- Ich kenne mich auch gut mit Heilkräutern aus. Die verkaufe ich den Leuten. --- Ich kann auch Menschen und Tiere gesund machen. --- Selbst am Königshof werde ich oft zu Rate gezogen.

Wie ist dein Name dort?

ich: Ich glaube, ich heiße Jacques.

Geht beide ein Stück voran in der Zeit! Schaut, wie es da weitergeht! Begegnet ihr euch irgendwann persönlich?

ich: Also ich sehe die Gabi im Moment nicht. Aber die Wahrscheinlichkeit, dass wir uns schon einmal gesehen oder gesprochen haben, ist unheimlich groß, weil ich viel herum komme und mit fast allen Leuten schon mal gesprochen habe. Ich bin da wirklich bekannt wie ein bunter Hund.

Wie stellt es sich dir dar, Gabi?

Gabi: Mit ihm persönlich hatte ich noch nie zu tun. Ich weiß, dass er rumfährt und so eine Art Vorträge hält und die Menschen berät. Aber da gehen nur die Bauern hin, die Frauen meistens nicht und eine Magd schon zwei Mal nicht. Ich würde ihn gerne mal kennenlernen, aber irgendwie habe ich das Gefühl, da ist kein Rankommen. --- Ich sehe da keine Möglichkeit.

Wie findest du das Gefühl, dass da einer ist, der für dich unerreichbar ist?

Gabi: Sehr, sehr schade --- Ich glaube, dass ich sogar heimlich in ihn verliebt bin, obwohl ich ihn praktisch nicht kenne.

Bewunderst du Ihn? Kann man sagen, dass er einen Platz in deinem Leben einnimmt?

Gabi: Ja, es kommt schon mal vor, dass ich an ihn denke. Wenn man aus der Umgebung erfährt, dass er wieder bei jemandem war oder zu jemandem hinkommt, dann bin ich schon ziemlich aufmerksam und versuche, ihn zu Gesicht zu bekommen.

Was bewunderst du so an Jacques?

Gabi: Ich kenne ihn ja nicht persönlich. --- Aber alle bewundern seinen Mut, seine Stärke und seine Willenskraft, die fast etwas unheimlich ist.

Hat er übernatürliche Kräfte?

Gabi: Den Eindruck könnte man haben.

Wie geht dein Leben so weiter, Johanna?

ich: Mein Leben ist insgesamt ziemlich einseitig. Ich gehe ziemlich in dieser – bleiben wir mal bei dem Namen – beratenden Tätigkeit auf. Vordergründig ist es wirklich so, dass ich da irgendwie helfen will, und so kommt es auch bei den Leuten rüber. --- Aber es scheint mir fast wichtiger zu sein, dass ich da meine Macht beweisen kann. Das Beweisen meiner Macht und Stärke und irgendwie dieses Bewundertwerden ist mir wichtiger. Da bin ich richtig süchtig nach.

Welche Bedeutung haben die Menschen, die du berätst, denen du hilfst, für dich?

ich: Einerseits sind sie natürlich lebensnotwendig für mich; sonst könnte ich diese Bedürfnisse nicht befriedigen. --- Irgendwie fühle ich mich denen total überlegen. Die sind nicht auf der gleichen Stufe wie ich. Das sind schlichte Leute. Ich lasse sie das zwar nicht so deutlich spüren, aber irgendwie kann ich mit denen nicht so viel anfangen.

Gibt es eine Frau in deinem Leben?

ich: Nein

Die Zeit vergeht. Wie geht dein Leben weiter, Gabi? Verbleibst du da als Magd auf dem Hof?

Gabi: Ja

Wie ist dein Name dort?

Gabi: Marie --- Weißt du, welches Jahr wir haben? Ich sehe immer eine Zahl.

ich: Nein --- Welche Jahreszahl siehst du?

Gabi: Ich sehe sie nicht genau. --- Ich glaube 12...

ich: Ich weiß nur, dass es geheißen hat, es wäre kürzlich endlich ein Papst gewählt worden. Er hat sich den Namen Gregor X. gegeben. Vorher gab es einige Jahre keinen Papst.

Gabi: Genau! Das habe ich in der Kirche auch gehört. Deswegen haben sich alle so gefreut.

Schaut beide, ob ihr euch nicht doch noch einmal persönlich begegnet.

(Gabi schnauft tief ein und aus.)

Gabi: Ja, Jacques ist bei meinem Tod dabei.

Sprich weiter!

Gabi: Ich liege schwer verletzt am Wegesrand.

Lasse deutlich werden, was passiert ist.

Gabi: Ich bin von irgendwo heruntergefallen. --- Ich glaube von einem Wagen.

Gehe noch mal hin zu dem Moment, wo das passiert ist und schau, was das für eine Situation ist! Wie fühlst du dich in dem Moment und was denkst du?

Gabi: Wir fahren mit dem Bauern mit einem Kastenwagen aufs Feld. --- Einige andere Mägde und ich sitzen hinten auf dem Wagen.

Wie geht es weiter?

Gabi: Wir sind an dem Feld angekommen, wo wir hinwollten. Ich sitze ganz hinten und muss als erste runter vom Wagen. --- Ich stehe auf und dann gehen die Pferde durch. Auf jeden Fall macht der Wagen noch mal so einen Ruck, und dann falle ich von da oben runter. Irgendwie habe ich mir da wohl einige Knochen gebrochen und ich blute stark.

Was spürst du?

> Gabi: Der Brustkorb tut enorm weh, und die Knie, da bin ich direkt draufgefallen, auch die Beine – im Moment tut fast alles weh.

Wie reagieren die anderen?

> Gabi: Die sind natürlich sehr erschrocken und kümmern sich um mich und heben mich vorsichtig hoch.

Lasse deutlich werden, wie es weitergeht.

> Gabi: Das nächste, das ich erst wieder mitbekomme, ist, dass ich zurück bin auf dem Bauernhof und dass man mich in meine Kammer gebracht hat, dass ich auf meinem Bettlager liege. --- In erster Linie pflegt mich die Bauersfrau selber.

Wie fühlst du dich?

> Gabi: Mir tut alles so weh! --- Ich kann meine Beine nicht mehr bewegen.

Weißt du, wie schlimm es um dich steht?

> Gabi: Ich habe manchmal den Eindruck, als ob gerade die Bauersfrau meint, dass es sehr schlimm um mich steht. Ich selber habe aber gar nicht den Eindruck. Aber die Art, wie sie mich oft anschaut, zeigt mir, dass sie der Meinung ist, dass sie mir nicht mehr helfen kann oder dass es immer schlimmer wird, und dann schickt sie halt einen Knecht los, um Hilfe zu holen --- um Jacques zu holen.

Kommt die Nachricht bei dir an?

> ich: Ja, ein Mann ruft mich. Und ich komme unverzüglich mit. --- Ich habe jetzt aber ein etwas anderes Bild als du. --- Du liegst nicht auf einem Bettlager, sondern auf so einer Art Tra-

ge oder Bahre. --- Und die ist vor dem Haus.

Kannst du dich einstimmen in die Situation, die Johanna alias Jacques schildert?

> Gabi: Ich will es versuchen. --- Also, das mit der Trage oder Bahre könnte sein. Aber ich sehe sie in der Kammer.

> ich: In meinen Bildern ist die Bahre nicht im, sondern vor dem Haus --- oder im Eingangsbereich des Hauses.

Siehst du den Jacques?

> Gabi: Ja --- Ich freue mich sehr, dass er da ist. --- Also ich habe mitbekommen, dass nach ihm geschickt worden ist. --- Ich hätte ihn immer so gerne kennen gelernt, und ausgerechnet in so einer Situation komme ich dann dazu.

Was fühlst du jetzt, wo er bei dir ist?

> Gabi: Ich habe das Gefühl, dass es mir schon besser geht. --- Aber das stimmt leider nicht.

Sprecht ihr miteinander?

> Gabi: Kaum --- Er wirkt etwas abweisend und scheint nicht an einem Gespräch interessiert zu sein.

Was machst du genau, Johanna?

> ich: Ich bücke mich zu ihr und schaue, wie weit es fehlt. --- Mir wird sofort klar, dass da nichts mehr zu machen ist. --- Ihr kann keiner mehr helfen.

Was geht in dir vor, Johanna?

> ich: Ich bin ziemlich frustriert. Das ist eigentlich eine Situation, die ich nicht kenne, dass ich mich selbst so ohnmächtig fühle.

Was macht das aus? Wie fühlt sich das an, dass du da nichts machen kannst in dem Moment?

ich: Es ist fast so, als wenn es mir auf einmal meine ganze Kraft, meinen ganzen Mut wegnehmen würde, den ich bisher im Übermaß hatte.

Lasse deutlich werden, an welchem Punkt das geschieht! Es ist doch eine Frau wie jede andere auch.

ich: Ich bin schon oft zu solchen Fällen gerufen worden. Meistens oder fast immer konnte ich da helfen. Aber irgendwie weiß ich, da ist jetzt nichts mehr zu machen, obwohl ich die Frau gar nicht groß untersuche. --- Das weiß ich einfach.

Ist das der Punkt, der dich an die Grenzen deiner Fähigkeiten bringt?

ich: Ja, ich untersuche die Frau überhaupt nicht. Ich weiß, dass ich sie nicht retten kann.

Woher weißt du das, obwohl du sie nicht genau untersuchst?

ich: Irgendetwas in mir sagt es. --- Es ist so eine innere Stimme.

Was sagt die Stimme?

ich: Hier ist deine Grenze.

Stirbt die Frau?

ich: Ja, aber nicht gleich --- Ich bin nicht nur ohnmächtig, sondern auch so unsicher, was ich jetzt machen soll. So eine Situation kenne ich eigentlich gar nicht. Ich weiß überhaupt nicht, wie ich mich verhalten soll, was ich sagen soll.

Akzeptierst du die Grenze?

ich: --- Das ist nicht so leicht. --- Ich fühle mich wie paralysiert.

Verändert sich von diesem Moment an etwas in deinem Leben?

ich: Ja

Wie geht dein Leben weiter?

ich: Es ist so ähnlich wie im Märchen, wenn jemand plötzlich seine Zauberkraft verliert. --- Es kommt mir fast so vor, als ob ich von einem Tag auf den anderen ein alter Mann würde. Ich kriege graue Haare und ein ausgemergeltes, bleiches Gesicht. Ich ziehe mich ganz zurück, irgendwie als wenn ich aufgeben würde.

Gut! Löst euch beide wieder von den Bildern, bleibt noch ein paar Minuten liegen.

Diese Sitzung dauerte deutlich länger als alle bisherigen. Während ich schon recht bald wieder im Hier und Jetzt war, benötigte Gabi geraume Zeit, um wieder anzukommen. Diese Zeit ließen Erika und ich ihr.

Selbst danach war meine Freundin noch sehr angefasst und schnaufte: »Puh! Es macht schon einen gewaltigen Unterschied, ob man über Rückführungen liest oder ob man selbst in einem früheren Leben steckt und nochmals alles durchlebt!«

Dann sagte Erika: »Ich finde, das hat sehr gut funktioniert. Es ist nicht ganz leicht, dass sich zwei Patienten in einem gemeinsamen früheren Leben einfinden können. Es wäre ja auch nicht völlig ausgeschlossen gewesen, dass ihr euch im gegenwärtigen Leben zum ersten Mal begegnet seid. Übrigens, ich habe eben, als ihr noch Zeit zum Nachspüren und Ankommen brauchtet, im Internet recherchiert. Also, Gregor X. war von 1271 bis 1276 Papst. Vorher war der Heilige Stuhl fast drei Jahre vakant. Das heißt, der Bauernaufstand, mit dem eure Zeitreise begann, müsste dann wohl 1271 oder 1272 gewesen sein.« Wir nickten.

Gabi sagte: »Jetzt wird mir auch klar, warum ich seit meiner frühen Kindheit Angst vor Pferden und den Vorschlag meiner Eltern, Reitunterricht zu nehmen, abgelehnt hatte.«

»Ja, durch eine Rückführung kommt so manches ans Tageslicht, was man sich nicht erklären kann«, meinte Erika.

Dann warf Gabi ein: »In diesem früheren Leben konntest du mir als Jacques nicht helfen. Dafür hast du aber in diesem Leben einiges für mich getan.« Als ich sie ein wenig fragend anschaute, fuhr sie fort: »Weißt du nicht mehr, wie das in der Schule, als wir so die sechste, siebte Klasse besuchten, war? Ich war damals recht pummelig und völlig unsportlich, so dass mich viele Klassenkameraden gehänselt haben – heute würde man gemobbt sagen. Du hast mich immer verteidigt und zu mir gehalten. Einmal hast du sogar einen Jungen, der mich beleidigt hatte, verprügelt.«

Ich konnte mich nur noch dunkel daran erinnern und sagte: »Die Hilfe, die du mir in diesem Leben geleistet hast, war ungleich größer. Ohne dich wäre ich nie auf die Idee gekommen, zu einem Rückführungstherapeuten zu gehen.«

Erika sagte: »Das ist schon interessant, Johanna. In deinem Leben als Jacques warst du – zumindest bis zu dem Punkt, als du Marie nicht retten konntest – eine überaus machtvolle Persönlichkeit. Dann in deinen Inkarnationen als Magd Elslein und insbesondere als der jüdische Knabe Daniel warst du völlig ohnmächtig. Du hast also innerhalb eines knappen Jahrtausends beide Seiten der Medaille kennengelernt. Und das ist auch wichtig, dass wir in unseren verschiedenen Leben alle Varianten durchmachen.«

Erika hatte ihre Frage, ob wir irgendwelchen Persönlichkeiten in diesem Leben im 13. Jahrhundert im gegenwärtigen Leben begegnet seien, noch nicht ganz ausgesprochen, als es aus mir herausplatzte: »Der König oder Herrscher ist ohne Zweifel mein Bruder Jan. Er ist heute Neurologe mit eigener großer Praxis, in der er auch ein bisschen wie ein König regiert.« Gabi überlegte noch ein Weilchen und verneinte dann die Frage.

Als ich mich nach einer guten halben Stunde von Erika verabschieden und ihr herzlich für die Rückführungen und die vielen aufhellenden Gespräche danken wollte, fiel sie mir fast ins Wort: »Ich weiß, das sollte heute deine letzte Rückführung werden. Aber mir ist da noch so eine Idee gekommen?« Ich schaute sie fragend an.

»Nun, nachdem dieses Experiment mit der gemeinsamen Rückführung so gut geklappt hat, könnte ich mir vorstellen, mit dir noch ein ganz besonderes Experiment zu machen.«

»Was meinst du?«, wollte ich wissen.

»Ihr wisst ja beide, dass die Seele zwischen zwei Inkarnationen für lange Zeit in der geistigen Welt verweilt. Dir, Johanna, habe ich bereits ein wenig erläutert, welche Aufgaben sie da hat. Es ist zwar sehr schwierig, aber prinzipiell wäre es möglich, dass ich dich in die Zeit rückführe, in der du in den etwa 25 Jahren nach deinem letzten Tod in der Gaskammer und deiner Geburt im Jahre 1967 in der Geisteswelt verbracht hast. Du bist für die Rückführungen sehr empfänglich, so dass es bei dir klappen könnte.«

Selbst Gabi hatte von dieser Möglichkeit noch nie etwas gehört, so dass sie nicht minder erstaunt war als ich. »Das ist wirklich möglich?«, fragte sie.

»Ja, grundsätzlich schon. Ich habe es schon mehrmals bei anderen Menschen ausprobiert. Es hat aber nur selten etwas gebracht. Aber bei dir, Johanna, könnte ich mir vorstellen, dass es gelingt. Du musst mir für diese Sitzung auch kein Honorar zahlen. Ich bin selbst viel zu gespannt auf das Ergebnis.«

Ich war zwar immer noch etwas irritiert, sagte aber zu, ohne lange überlegen zu müssen. Wir machten für die übernächste Woche einen Termin aus.

Abschließend sagte Erika noch: »Es wäre gut, wenn du dich bis dahin jeden Tag – am besten vor dem Einschlafen – an deinen Engel wendest und ihn bittest, dich an dem besagten Tag in dein letztes vorgeburtliches Leben zu führen.«

Wenn Gabi und ich uns in der nächsten Zeit trafen oder telefonisch sprachen, redeten wir uns spaßeshalber immer mit Jacques und Marie an.

7. Sitzung

Vor meiner siebten und definitiv letzten Rückführung war ich um Längen aufgeregter und gespannter als vor meinen bisherigen, selbst vor meiner ersten. Auch wenn ich etwas skeptisch war, hatte ich Erikas Rat befolgt und mich jeden Abend an meinen Engel mit der Bitte, mich in mein vorgeburtliches Leben zu führen und mir einiges aus diesem zu offenbaren, gewandt.

Auch Erika war an diesem Tag sehr gespannt und schien fast ein wenig nervös zu sein. So hatte ich sie bisher nie erlebt. Sie war immer die Ruhe in Person.

Nachdem ich mich schon auf die Couch gelegt hatte, sagte sie: »Ich werde heute etwas länger deinen Atem führen, damit du besonders tief entspannt bist.«

Ich hatte gar nicht das Gefühl, dass das Ritual dieses Mal länger dauerte. Ich fühlte mich schon nach kurzer Zeit tiefenentspannt.

Gehe zurück durch Raum und Zeit und tauche ein in das Leben vor deiner Geburt, als du noch in der geistigen Welt warst. Nimm den Moment wahr, in dem du nach deinem Tod in die geistige Welt kommst. Nimm wahr und spüre, was du da siehst und erlebst und sprich es aus.

--- Es ist alles so ganz anders.

Anders als was?

Anders als das, was ich von der Erde kannte --- auch ganz anders, als ich mir das Leben im Himmel immer vorgestellt hatte

Was nimmst du wahr?

Es ist alles so hell. --- Alles ist so leuchtend, hell und strahlend.

Erkennst du, was so hell und strahlend ist? Sind es geistige Wesen, Engel?

Ja, auch, --- aber es ist noch etwas anderes.

Was meinst du?

Es sind meine Gedanken, mein ganzes Bewusstsein ist so hell und klar.

Nimmst du andere Wesen wahr?

Ja

Welche Wesen?

Engel, glaube ich --- und auch Menschenseelen --- vorwiegend Menschenseelen

Wie sehen die Menschenseelen aus?

Das ist ganz schwer zu beschreiben. --- Auf jeden Fall sehen sie nicht wie Erdenmenschen aus. --- Sie haben keinen Körper. --- Ich kann es nicht in Worte fassen.

Weißt du, um welche Seelen es sich handelt? Kennst du sie?

Ja, die meisten --- meine Eltern --- meine Großeltern --- das kleine jüdische Mädchen --- und noch viele andere

Wie verhalten sich diese Seelen dir gegenüber?

Sie nehmen mich in Empfang. --- Jetzt weiß ich, dass dieses strahlende Wesen mein Engel ist. --- Er bleibt immer in meiner Nähe.

Wie ist die Stimmung?

Es ist eine sehr freudige Stimmung. --- Alle scheinen sich zu freuen, dass ich jetzt da bin. --- Es ist fast wie eine Feier. --- Wir freuen uns alle über das Wiedersehen.

Sprecht ihr miteinander?

Ja --- Aber es ist kein Sprechen im üblichen Sinne. Wir haben ja keine Körper. --- Man kann sich aber leicht in die anderen Seelen hineinversetzen. --- Jeder spürt, was der andere fühlt.

Wie geht es weiter?

Ich sehe so eine Art Film.

Was meinst du mit Film?

Um mich herum sehe ich wie in einem großen Panorama Szenen aus meinem Leben. --- Ich sehe alles bis ins kleinste Detail. --- Es ist unglaublich.

Bewegt dich das sehr?

Nein, ich schaue mir diesen Lebensfilm einfach an. --- Es sind unzählige Bilder, unfassbar viele Bilder. --- Bei allem, was ich sehe, stehe ich im Mittelpunkt. --- Es geht um mein Leben.

Schauen sich andere diesen Film auch an?

Nein, nur mein Engel ist dabei. --- Es ist fast so, als wollte er mir mein letztes Erdenleben noch einmal zeigen.

Geh noch ein wenig weiter vor in der Zeit. Was geschieht da?

Ich habe das Gefühl, wie wenn ich mein Leben noch einmal durchleben würde. --- Ich weiß, es klingt sonderbar, aber ich kann es nicht anders beschreiben.

Was erlebst du da?

Es beginnt mit dem Augenblick meines Todes in der Gaskammer. --- Dann geht es rückwärts weiter. --- Aber irgendetwas ist anders.

Was ist anders?

Ich erlebe es anders. --- Es ist so, wie wenn ich in den anderen Personen, die mir im Leben begegnet sind, drinstecken würde. --- Ich erlebe es aus ihrer Perspektive. Ich fühle, was sie damals gedacht und gefühlt haben.

Durchlebst du dein komplettes Leben noch einmal?

Ja --- bis zu meiner Geburt --- Jetzt geht es in die andere Richtung.

Was meinst du damit?

Ich bin wohl noch nicht fertig mit meinem Leben. --- Es ist so, wie wenn ich gar nicht gestorben wäre. --- Jetzt erlebe ich, wie mein Leben weitergeht, wie mein Leben weitergegangen wäre, wenn ich nicht so früh, sondern erst viel später gestorben wäre.

Wie geht dein Leben weiter?

Ich beende die Schule und mache eine kaufmännische Ausbildung. --- Dann arbeite ich als Kaufmann. --- Ich bin sehr erfolgreich.

Heiratest du?

Ja --- das kleine Judenmädchen

Werdet ihr glücklich?

Ja

Gehe ein Stück weiter in der Zeit. Was geschieht, nachdem du dein mögliches Leben durchlebt hast – so wie es hätte verlaufen können, wenn du nicht so früh gestorben wärest? Bist du jetzt auch wieder mit anderen Menschenseelen zusammen?

Ja, meistens

Sind es immer die gleichen Seelen?

Im Grunde schon --- Ich kenne fast alle. --- Ich hatte mit ihnen im letzten Erdenleben zu tun.

Kannst du beschreiben, wie du andere Seelen wahrnimmst?

Das ist schwer zu beschreiben. --- Ich fühle, dass sich mir eine Seele naht. --- Sie erscheint mir wie in so einer Art Wolke. Es ist natürlich keine Wolke. Es ist mehr so ein verschwommenes Bild. --- Dann muss ich mich in diese Wolke hineinversetzen. Ich muss aktiv werden. Dann weiß ich, um welche Seele es sich handelt, wie ich mit ihr im Erdenleben zusammenhing.

Wie kommuniziert ihr miteinander?

Man versetzt sich in die andere Seele hinein, --- bis man quasi in ihr drinsteckt. --- Man fühlt sich dann fast eins mit der anderen Seele. --- So weiß man dann sofort, was sie denkt oder fühlt.

Kannst du auch noch lebende Menschen wahrnehmen?

Ja, das ist sogar viel einfacher. --- Da muss ich keine so große Aktivität entfalten. Ich muss mich nur ein wenig auf den Menschen, den ich beobachten möchte, einstimmen. Dann erscheint er mir in dem Bild, das ich in gemeinsamen Erdentagen von ihm geformt habe.

Kannst du wahrnehmen, was er sagt, denkt und fühlt?

Seine Stimme kann ich nicht hören, --- aber seine Gedanken kann ich erkennen --- allerdings nicht immer.

Wann kannst du seine Gedanken nicht wahrnehmen?

Wenn er über materielle Dinge nachdenkt. --- Seine Gefühle kriege ich leichter mit.

Wen beobachtest du da auf der Erde?

Viele --- oft einen Schulfreund, der auch Jude ist --- Der

Krieg ist jetzt vorbei. --- Er hat überlebt. --- Er denkt oft an mich.

Wie ist jetzt so die Stimmung der Seelen da, wo du bist?

--- Sehr unterschiedlich --- Bei einigen ist sie sehr gelöst und freudig. --- Viele feiern hier ihr Wiedersehen. --- Ich sehe auch sehr viel Schlimmes!

Was ist das Schlimme, das du wahrnimmst?

--- Viele Seelen irren hier plan- und ziellos herum. --- Einige scheinen gar nicht bemerkt zu haben, dass sie gestorben sind. --- Sie kommen mit den Verhältnissen und Bedingungen, die hier herrschen, nicht zurecht.

Was nimmst du noch wahr?

Mittlerweile sind hier auch einige der Nazi-Verbrecher.

Kannst du sie wahrnehmen?

Ja, aber es ist nicht so einfach. --- Manche scheinen immer noch von Hass und falschen Idealen verblendet zu sein. --- Sie müssen hier viel leiden.

Gut, gehe weiter in der Zeit bis kurz vor dem Zeitpunkt, in dem du wieder auf die Erde kommst. Was nimmst du wahr?

Da sind so viele Wesen um mich herum.

Was sind das für Wesen?

Ich weiß es nicht genau. --- Da sind Menschenseelen, viele Menschenseelen, Dutzende, aber auch höhere geistige Wesen. --- Mein Engel ist auch immer an meiner Seite.

Wie kannst du die höheren geistigen Wesen von den Menschenseelen unterscheiden?

Die sind viel strahlender und weiser als die Menschenseelen. --- Ich kann sie leicht unterscheiden. --- Sie leiten uns an. --- Einige scheinen einen höheren Rang als mein Engel zu haben.

Zu was leiten sie euch an?

Sie bereiten uns auf unsere Inkarnation vor.

Um was geht es dabei genau?

Es wird so eine Art Plan entworfen. --- Es wird geplant, wie wir Seelen im nächsten Leben wieder zusammenkommen müssen und welche Aufgaben wir da haben, wie unser Schicksal sich gestalten muss.

Kennst du die anderen Seelen?

Ja, die meisten

Wen erkennst du beispielsweise?

--- Kunigunde --- Stoffel

Werdet ihr euch bei den Planungen einig?

Ja, schon --- Die Geistwesen sind so weise, dass da keine Kritik aufkommt. --- Es ist aber nicht ganz einfach. --- Es müssen gewisse Kompromisse geschlossen werden.

Wird dir klar, mit welcher Seele du im nächsten Leben wieder zusammenkommen wirst und in welchem Verhältnis ihr dann zueinander stehen werdet?

Ja, zumindest weitestgehend

Was erlebst du noch?

--- Mein Engel scheint mich zu fragen, was ich in meinem nächsten Leben Besonderes leisten will.

Was antwortest du ihm?

Ich nehme mir vor, mich für andere Menschen, die meiner Hilfe bedürfen, einzusetzen. --- Ich will sie unterstützen. Ich will etwas für sie tun.

Ist dein Engel damit einverstanden?

Ja, sehr!

Wie geht es weiter? Was nimmst du wahr?

Mir hat es in der geistigen Welt gut gefallen. Am liebsten wäre ich für immer hier geblieben. --- Aber langsam wächst in mir die Sehsucht nach einem neuen Erdenleben. --- Ich weiß jetzt, dass noch viele Aufgaben auf mich warten.

Gehe noch ein Stück weiter.

--- Mein Bewusstsein schwindet...

Gut! Löse dich aus deinem vorgeburtlichen Leben. Komme zurück ins Hier und Jetzt und bleibe noch ein paar Minuten ruhig liegen.

Anmerkung:

Wie bereits erwähnt wurden alle Sitzungen aufgezeichnet. Alles, was gesprochen wurde, ist hier nahezu ungekürzt wiedergegeben. Ich habe allerdings viele meiner Antworten deutlich ›geglättet‹, da ich während *dieser* Sitzung meistens nicht ›druckreif‹ gesprochen habe. Oftmals glichen meine Antworten fast einem Stammeln, da ich Mühe hatte, das Wahrgenommene in passende Worte zu kleiden. Drei aufeinanderfolgende Bindestriche (---) symbolisieren wieder kürzere Sprechpausen von etwa fünf bis fünfzehn Sekunden.

Als ich wieder so richtig zu mir kam, was dieses Mal deutlich länger dauerte als üblich, bemerkte ich, wie berührt und zugleich begeistert Erika war. Sie hatte sogar feuchte Augen. Sie legte ganz aufgeregt los: »Sag mal, Johanna, hast du bis auf die Andeutungen, die ich dir neulich gemacht habe, schon einmal etwas darüber gehört, was ein Mensch nach dem Tode in der geistigen Welt erlebt? Oder hast du schon einmal Berichte über Nahtod-Erlebnisse gelesen?«

»Nein, gewiss nicht! Bis vor wenigen Monaten hatte ich sogar Zweifel daran, dass es ein Leben nach dem Tod gibt.«

Aus Erika sprudelte es dann nur so heraus: »Das ist ja phantastisch! Wenn du bisher noch keine Ahnung davon hattest, so kann das, was du in der Sitzung geschildert hast, ja nichts sein, was du schon kanntest. Ich bin mir sicher, dass es real war, zumal fast alles, was du beschrieben hast, mit dem übereinstimmt, was mir bekannt ist. Also, dass das so großartig funktioniert hat, ist einfach begeisternd.«

»Mir kommt da gerade so ein Gedanke«, sagte ich. »Als ich in der Rückerinnerung meinem Engel auf seine Frage, was ich im Leben Besonderes leisten wolle, antwortete, dass ich mich für andere Menschen einsetzen möchte, musste ich gleich an mein Engagement im Altenheim denken. Auch mein Beruf als Erzieherin, den ich allerdings nach der Ausbildung nicht mehr ausgeübt habe, ging wohl schon in diese Richtung.« Dann erzählte ich Erika kurz, wie ich mich seit einigen Jahren um die alten Menschen kümmere.

»Das Helfen und Unterstützen anderer Menschen ist ein großes Motiv in deinem jetzigen Leben. Das ist ganz offensichtlich deine Lebensaufgabe! Jede Seele nimmt sich vor der Geburt vor, ihrem neuen Leben ein ganz bestimmtes Ziel zu geben. Sie stellt sich eine Aufgabe, die sie erfüllen muss und auch erfüllen *will*, um in ihrer Entwicklung, in ihrer geistig-seelischen Evolution vorwärts zu kommen. Das Karma beinhaltet dann auch diese Lebensaufgabe. Sie birgt alle Schicksalsbeziehungen zu jenen Menschen, die mit dieser Lebensaufgabe zu tun haben.«

Als ich Erika dann schilderte, auf welchem scheinbar zufälligen Weg ich zu dieser Aufgabe gefunden hatte, sagte sie: »Das ist wieder ein gutes Beispiel dafür, wie unser Engel führt. Du hattest, nachdem du wieder im irdischen Dasein warst, natürlich vergessen, was du dir vorgenommen hast. Dein Engel wusste es. Er war es, der dafür gesorgt hat, dass du mit deinem Mann an jenem Tag durch eure Nachbargemeinde geschlendert bist und dass dir das Altenheim aufgefallen ist.«

»Aber ist dann nicht alles irgendwie vorherbestimmt? Haben wir dann überhaupt noch Wahlmöglichkeiten?«, warf ich ein.

»Selbstverständlich haben wir noch Wahlmöglichkeiten! Unabhängig davon, ob es um das Karma oder die Lebensaufgabe geht, das was in der geistigen Welt geplant wird, sind ja nur Lebensskizzen. Die Seele weiß jetzt, welchen anderen Menschen sie im nächsten Leben wieder begegnen muss, um etwa eine Schuld auszugleichen. Aber es gibt doch zahllose Möglichkeiten, wie das erfolgen kann. Oder, wenn du an deine Lebensaufgabe denkst, wie viele Möglichkeiten hätte es gegeben, diese zu erfüllen. Du hättest sie ja auch auf eine ganz andere Art und Weise erfüllen können als die, für die du dich entschieden hast. Also, wir sind keine Marionetten an den Fäden unserer Schicksalsführer.«

Dann sagte Erika noch: »Ich fand es sehr bemerkenswert, dass du auf meine Frage, wie du mit anderen Seelen kommunizierst, gesagt hast, du steckest quasi in ihnen drin. Das nennt man in der Geisteswissenschaft übrigens ›intuitive Wahrnehmung‹. Hier auf der Erde können wir die Gedanken und Gefühle eines Mitmenschen nicht wahrnehmen. Er kann sie uns verbergen, er kann uns etwas vorspielen. Häufig hört man doch: ›Ich weiß nicht, was er denkt. Ich stecke ja nicht in ihm drin.‹ Vielleicht ist diese Redensart ein Indiz dafür, dass man in seinen Seelentiefen ahnt, dass man in der geistigen Welt noch wusste, wie ein anderer denkt und fühlt, weil man dann eben in ihm drinsteckt.«

Kurz vor dem Verabschieden betonte Erika, dass diese Rückführung sie mehr beeindruckt habe als alle anderen aus ihrer bisherigen Praxis. Als ich fragte, was bisher die beeindruckendste Erfahrung war, erzählte sie: »Vor etwa drei Jahren hatte ich einen Patienten, der bei einer Sitzung in ein Leben eintauchte, das er vor etwa 3.000 Jahren in Ostasien, vermutlich in China geführt hatte. Wann immer ich ihn fragte, was er oder diejenigen Menschen, denen er da begegnete, sagten, so antwortete er in Chinesisch. Diese Sprache hat er im gegenwärtigen Leben nie gelernt. Als ich etwas später die Aufzeichnungen einem Sinologen vorlegte, hatte dieser Mühe, sie ins Deutsche zu übersetzen. Er sagte, dass es sich bei dem Gesprochenen um einen alten, längst ausgestorbenen Dialekt handele.«

Es fiel Erika und mir nicht ganz leicht, uns zu verabschieden. Durch diese intimen Erlebnisse waren wir doch recht eng zusammengewachsen. Ich bedankte mich bei ihr auf das Herzlichste, für alles, was mir durch ihre Rückführungen offenbar geworden war.

* * * * * * * * * * * * * * * * * * *

Wenn Sie mich fragen, welche Früchte meine Rückführungen für mich getragen haben, so ist die Antwort ganz einfach: Zunächst einmal bin ich dadurch meine Panikattacken losgeworden, die manchmal wirklich sehr schlimm waren.

Das war aber gar nicht einmal die größte Frucht. Viel wichtiger ist es, dass ich dadurch mein Leben mehr und mehr zu verstehen gelernt habe. Während ich fünf Jahrzehnte wie ein Blinder im Nebel gestochert habe, haben sich meine Augen mehr und mehr geöffnet. Ich verzweifele nicht mehr, wenn es mir einmal nicht so gut geht oder wenn mein Leben etwas Unangenehmes für mich bereithält, weil ich jetzt weiß, dass alles seine gute Berechtigung hat – auch wenn ich sie nicht immer verstehe.

Mein Engagement im Altenheim hat mir vom ersten Tag an Freude bereitet. Aber jetzt, da ich wusste, dass ich mir diese Aufgabe in meinem vorgeburtlichen Leben vorgenommen hatte und dass mein Engel damit einverstanden war, ging ich dieser Beschäftigung mit noch größerer Begeisterung nach.

Übrigens, in meiner letzten Rückführung wurde mir ganz deutlich, dass das Judenmädchen niemand anders als mein Sohn Christian ist. Wären wir nicht ermordet worden, hätten wir miteinander die Ehe geschlossen. So stehen wir im jetzigen Leben als Mutter und Sohn zueinander.

Ich finde es sehr schade, dass mir bei meinen Rückführungen nie deutlich gezeigt wurde, in welcher Beziehung ich in früheren Leben zu meiner Tochter Andrea stand.

Wie bereits erwähnt ist unser Verhältnis zu ihr, die ja mit ihrem Mann in den USA lebt, nicht gerade gut. Das letzte Mal, dass sie uns besucht hat, ist schon fast zehn Jahre her. Allenfalls zu unseren Geburtstagen oder an Weihnachten haben wir miteinander telefoniert.

Ich war lange Zeit der Überzeugung, dass sie deshalb nicht viel von uns wissen wollte, weil ihr Mann den Kontakt mit ihren Eltern nicht wünschte oder weil wir in der Erziehung etwas falsch gemacht hatten. Wir konnten aber nie einen plausiblen Grund finden. Heute weiß ich, dass irgendetwas in fernster Vergangenheit vorgefallen sein muss, was zu dieser Lieblosigkeit geführt hat, auch wenn ich nicht genau weiß was. Jedenfalls ist mir klar, dass es einen guten Grund gibt, der auch Andrea nicht bewusst sein wird. Und das kann ich akzeptieren.

Vor zwei Wochen habe ich ihr einen langen Brief geschrieben, in dem ich mein Bedauern darüber ausgedrückt habe, dass wir uns so selten sehen. Für den Fall, dass sie den Eindruck habe, ihr Vater oder ich hätten irgendetwas getan, was sie so getroffen hat, dass sie keinen großen Kontakt zu uns haben möchte, bat ich um Verzeihung.

Wenige Tage später kam ein Brief von ihr zurück. Sie schrieb, dass sie sich sehr über meine Zeilen gefreut habe und versprach, uns dieses Jahr über Weihnachten zu besuchen.

Wenn Sie mich nun weiter fragen, ob ich Ihnen auch eine Rückführungstherapie empfehle, so lautet mein Rat: Sofern Sie ein gravierendes – namentlich gesundheitliches – Problem haben, das Sie sehr belastet und dessen Ursachen unerfindlich scheinen, kann es eine sehr gute Idee sein, einen Rückführungstherapeuten aufzusuchen.

Pure Neugierde ist allerdings *kein* gutes Motiv!

Um Ihr gegenwärtiges Leben besser verstehen zu lernen, ist es gewiss auch gar nicht notwendig, sich rückführen zu lassen. Wenn Sie dieses Buch – oder auch weitere Bücher –

zu diesem Thema gelesen haben, können Sie selbst immer besser begreifen lernen, wie das Karma bzw. das Schicksal wirkt. Dann werden Sie sich – so hoffe ich zumindest – nicht mehr mit dem zufriedengeben, was der ›unsichtbare Papst‹, die viel zitierte öffentliche Meinung bzw. der sogenannte ›Mainstream‹, heute denkt und uns zu glauben aufzwingen möchte.

Sie werden dann selbst erkennen, dass es geradezu absurd wäre, wenn jeder Mensch nur ein einziges Mal auf die Erde käme.

Sie können dann wissen, dass es gute Gründe hat, dass sie gerade mit den Menschen, die Ihnen heute nahestehen, zusammenkommen mussten. Sie können dann wissen, dass es auch kein Zufall oder gar eine Strafe Gottes ist, wenn das Schicksal etwas Leidvolles für Sie bereithält.

Sie können dann wissen, dass alles im Leben einen Sinn hat.

Abschließend möchte ich noch von einer kurzen Begebenheit erzählen. Vor ein paar Monaten kam ich mit einem Nachbarn ins Gespräch. Ohne genau sagen zu können, wie es dazu kam, waren wir plötzlich beim Thema »Reinkarnation«. Er hatte sich damit bisher noch nicht befasst und hörte interessiert zu, was ich mit wenigen Sätzen dazu sagte. Dann meinte er ganz im Ernst: »Das ist ja prima! Dann habe ich ja noch viele Erdenleben Zeit, ein anständiger Mensch zu werden. Dann muss ich mich in diesem Leben gar nicht so bemühen.«

Diese Ansicht ist jedoch fatal. *Jedes* Erdenleben ist von unschätzbarem Wert. In jedem Leben müssen wir an unserer geistig-seelischen Entwicklung arbeiten. Das, was wir im gegenwärtigen Leben versäumen, können wir nicht so ohne weiteres in einem folgenden nachholen...

Umfassende Informationen
zu vielen weiteren Büchern
von Josef F. Justen
(Sachbücher, Erzählungen,
Biografien und Kurzgeschichten)
mit ausführlichen Leseproben
finden Sie auf der
offiziellen Autoren-Website:

www.Justen-Buecher.com